Série Vaga-Lume

NA ILHA DO DRAGÃO

Maristel Alves dos Santos

Ilustrações
Luiz Gê

editora ática

Na ilha do dragão
© Maristel Alves dos Santos, 2002

Diretor editorial	Fernando Paixão
Editora	Carmen Lucia Campos
Editora assistente	Elza Mendes
Preparadora	Maria Luiza Xavier Souto
Coordenadora de revisão	Ivany Picasso Batista
Revisores	Agnaldo S. Holanda Lopes
	Ana Luiza Couto

ARTE
Editora	Suzana Laub
Editor assistente	Antonio Paulos
Editoração eletrônica	Flavio Peralta (Estúdio O.L.M)
	Claudemir Camargo
Editoração eletrônica de imagens	Cesar Wolf

CIP-BRASIL. CATALOGAÇÃO NA FONTE
SINDICATO NACIONAL DOS EDITORES DE LIVROS, RJ

S236n

Santos, Maristel
  Na ilha do dragão / Maristel Alves dos Santos ;
ilustrações Luiz Gê. - 1.ed. - São Paulo : Ática, 2003.
  200p. : il. - (Vaga-Lume)

  Contém suplemento de leitura
  ISBN 978-85-08-08685-6

  1. Ecologia - Literatura infantojuvenil. 2. Literatura
infantojuvenil brasileira. I. Gê, Luiz. II. Título. III. Série.

10-5681.   CDD: 028.5
                                      CDU: 087.5

ISBN 978 85 08 08685-6
CL: 731798
CAE: 220766

2019
1ª edição
12ª impressão
Impressão e acabamento: Forma Certa

Todos os direitos reservados pela Editora Ática S.A.
Avenida das Nações Unidas, 7221 – Pinheiros – São Paulo – SP – CEP 05425-902
Atendimento ao cliente: (0xx11) 4003-3061
atendimento@aticascipione.com.br
www.coletivoleitor.com.br

IMPORTANTE: Ao comprar um livro, você remunera e reconhece o trabalho do autor e o de muitos outros profissionais envolvidos na produção editorial e na comercialização das obras: editores, revisores, diagramadores, ilustradores, gráficos, divulgadores, distribuidores, livreiros, entre outros. Ajude-nos a combater a cópia ilegal! Ela gera desemprego, prejudica a difusão da cultura e encarece os livros que você compra.

Atenção: ligue todos os sentidos! Tem ação, suspense e muito humor

"O Capitão Dragon teve seu corpo esquartejado e jogado ao mar. Nos últimos instantes de vida teria lançado uma maldição: 'Não descansaria nem após a morte. Seu fantasma seria guardião do tesouro e atacaria quem dele se aproximasse'."

Essas palavras provocam um arrepio em Carol. Não é sem motivo: ela e seus amigos estão passando uns dias na Ilha do Dragão, assim chamada porque todos acreditam que a maldição desse famoso pirata inglês paira sobre a ilha. Não é só isso: sua intuição lhe diz que esse tranquilo e paradisíaco lugar encerra segredos que ultrapassam as estranhas lendas dos supersticiosos habitantes locais.

Mal sabe Carol o quanto sua intuição está certa! Num cenário de deslumbrante paisagem, tartarugas seculares, aves raras e de certas pessoas feias de meter medo, essa turma de amigos vai ter de enfrentar perigos que nunca imaginou. Uma aventura de dar inveja ao mais terrível pirata! Cheia de suspense, emoção — bom humor também não falta — e com um desfecho inacreditável.

Conhecendo **Maristel Alves dos Santos**

Nasci em Ribeirão Preto, interior de São Paulo. E lá passei a infância, adolescência e começo da juventude.

Estudei Comunicação Social e Ciências Biológicas. Através de um intercâmbio acadêmico vim para a cidade de Tübingen, na Alemanha, onde fiz pós-graduação em Antropologia. E onde atualmente faço uma combinação peculiar de cursos: Ciência da Mídia, Letras e História.

Cresci numa casa abarrotada de livros e meu interesse por eles começou cedo. Ainda na infância me aventurei em criações literárias próprias; fiz até versinhos para o galã da classe (que nunca foram declamados e o galã casou com outra).

Na adolescência vieram os contos e premiações em concursos literários. Vieram também Agatha Christie, cheia de mistério e desvendando crimes; Lygia Fagundes Telles, desvendando emoções; e uma professora de redação chamada Maria Helena, que me disse: Maristel, você tem jeito para escrever.

Então eu cresci e continuei escrevendo, para jovens e adultos.

Na Ilha do Dragão é meu segundo livro publicado. E foi uma delícia pô-lo no papel. É que escrever é um ato que me encanta. Parece que salto para dentro das páginas e tomo parte na aventura, ou será que é a aventura que salta do papel e toma conta de mim?... Bom, enfim, tornar-me escritora foi fazer do meu *hobby* minha profissão.

Foto: Mathias Allgäuer

"*O oceano todo se transforma quando uma pedra é lançada nele.*"
(Blaise Pascal, filósofo e matemático francês)

A Nadir e Herculano, que lançaram muitas pedras.

Agradecimentos a Stube e a Akademie Bad Boll.

Sumário

Prólogo	9
1. E tem início o feriado	12
2. A ida	16
3. E um continente fica para trás	21
4. Chegando à ilha	27
5. A pousada MaréBoa	31
6. Um jantar e alguns mistérios	36
7. Barril x Frederico	46
8. A praia do Ovo	58
9. Rumo ao Forte	64
10. A fortaleza, o Angaturama, o déjà-vu	71
11. Perdidos na mata	77
12. Pânico na choupana	82
13. Visitas inesperadas	90
14. Ciro não tão Torto	96
15. Ciro e a maldição do pirata	103
16. De volta ao passado, uma história dos sete mares	109
17. Nem sinal de Frédi	118

18. Um telefonema bizarro — *122*

19. Os suspeitos — *127*

20. Escalada do perigo — *137*

21. A verdade vem à tona — *142*

22. Acerto de contas — *150*

23. Piratas, Titanic, DiCaprio e VUPT... o impossível vira do avesso — *159*

24. A bordo e à deriva — *166*

25. A baleia — *174*

26. Guerra pelo tesouro — *182*

27. E o feriado chega ao fim — *187*

    Epílogo — *195*

PRÓLOGO

Carolina sentou-se na calçada da Rua do Bosque com o livro que havia retirado da biblioteca: *Piratas famosos da História*. Começou a folheá-lo e passou pelo Barba Negra, Henry Morgan, Jean Lafitte, François l'Ollonois, Anne Bonny... "Que legal, uma mulher pirata", pensou e ficou feliz em saber que havia representantes femininas no ofício, mesmo sendo este de caráter duvidoso.

... Pirata Dragon, o temido, era a página que queria.

Edward William Chester, Inglaterra 172? — Oceano Atlântico 1770.

No comando do Black Pearl, o navio pirata mais temido da época, E. W. Chester assombrou os mares por duas décadas. Mais conhecido como Capitão Dragon (alusão à figura de proa de sua nau — uma criatura marinha com cabeça de dragão), ele atacou e furtou inúmeras fragatas entre os anos de 1751 e 1770, acumulando, assim, uma grande fortuna roubada.

Em 1768, Edward William Chester passou a ser procurado vivo ou morto. Mas foi somente no ano de 1770 que uma frota da marinha inglesa localizou o Black Pearl. No dia 18 de abril daquele ano, após uma batalha sangrenta em meio ao Atlântico, a tripulação pirata foi capturada. O Capitão Dragon teve seu corpo esquartejado e jogado ao mar. Nos últimos instantes de vida teria lançado uma maldição: "Não descansaria nem após a morte. Seu fantasma seria guardião do tesouro e atacaria quem dele se aproximasse".

E a carga valiosa do Black Pearl nunca foi encontrada. Os poucos sobreviventes da tripulação, mesmo sob tortura, não confessaram o que fora feito dela. Conta a lenda que o tesouro estaria num local chamado Toca da Baleia, mas outros acreditam que seu paradeiro foi o Atlântico sul, numa ilha chamada Mon-

tesverdes. *E tão fortes foram tais rumores que o lugar perdeu seu nome oficial e passou a ser conhecido como Ilha do Dragão.*

Atualmente tranquila e frequentada por turistas, a ilha é um paraíso natural excelente para férias e pesca. E nenhum tesouro foi encontrado no local.

Carolina observou a ilustração que acompanhava o texto. Um homem de aparência ríspida, barba longa e brincos de argola; carregava pistola e espada na cintura. Seus olhos eram cáusticos, como se dissessem: "Duvida do meu tesouro? Duvida da minha maldição?".

A menina estremeceu, a ideia de passar o feriado prolongado na Ilha do Dragão causou-lhe medo. Teve a sensação de que aquelas férias seriam mais do que praia, sol e mar.

Mas, segundos depois, fechou o livro com um golpe. E assim espantou o estranho presságio.

"Era só uma lenda. Bobagem tudo isso", pensou ela. "Não há tesouro nem fantasma de dragão. Essa ilha deve ser linda. Eu e os meninos vamos nos divertir à beça. E uns dias de folga na praia são perfeitos para leitura", sorriu descontraída.

Carolina adorava ler. Aventura, romance, ficção, crimes, contos... Os livros eram seu *hobby* predileto. Já lera até alguns em inglês, presentes do tio que morava na Inglaterra. Dominava bem esse idioma e aprendera inclusive uns xingamentos. O primeiro que questionasse a cor de seus olhos tomaria uma resposta internacionalizada. "É lógico que eles são verdes", costumava dizer ela. "É só estarem sob iluminação apropriada."

Os meninos eram Guga, Beto e Barril. Seus vizinhos e colegas de classe.

Guga, na verdade Leonardo Gusmão, era um garoto que fazia pinta de *cool* e para quem o melhor da escola eram as traquinagens em grupo; mas ele se comportava com as Fonseca — duas velhotas do fim da rua que lhe davam aula de música. Gilberto, o Beto, era um garoto negro, usava óculos e gostava de ciência; vivia fazendo experimentos malucos que ninguém, além dele, entendia. E Barril, cujo verdadeiro nome era Daniel, era o gordo goleiro do time de futebol do bairro. Ele fechava o gol; uns diziam que era por ser bom de bola, outros por suas dimensões corporais.

Carolina, ou Carol, como os amigos a chamavam, pôs o livro debaixo do braço e entrou em casa. Queria estar com tudo pronto para a viagem do dia seguinte. Foi para o quarto despreocupada terminar de arrumar a mala.

Não podia imaginar o quanto seu presságio estava certo.

1   *E TEM INÍCIO O FERIADO*

— "*A Ilha do Tesouro*, Robert L. Stevenson" — leu Guga em voz alta e com ironia. O livro escapulia pelo zíper da mochila de Carol. — Isso é coisa que se leve na viagem? Nós vamos pra praia. PRAIA! — enfatizou, afundando na testa seu boné amarelo e sujo, com assinaturas e recadinhos de amigos; quase sempre o tinha na cabeça, quase sempre com a aba virada pra trás.

— Tinha certeza de que você ia reclamar do meu livro. Até que demorou muito — a menina jogou a mochila para dentro do porta-mala. O carro de seu Ademar Gusmão, pai de Guga, estava parado na calçada.

— E você, Beto? Pra que esse monte de vidros de geleia vazios? — Guga parecia inconformado com a bagagem dos amigos.

— Pra prender insetos raros — respondeu suspendendo os óculos. — Coletar bichos que não existem no continente.

— Sou o único que vai se divertir — Guga sorriu. O brilho metálico do aparelho ortodôntico apareceu. — Será que ninguém está levando algo "praiano", como eu? — sobre o teto do carro, amarrava com cuidado a parte principal de sua bagagem: uma prancha de surfe.

— E você lá sabe surfar? A gente é que vai se divertir com seus tombos — retrucou Beto. Mas Guga mal o ouviu, concentrava toda a sua atenção nas amarras. — E não sei pra que tanto cuidado com um pedaço de tábua velha. Deve ter sido usado por Cristóvão Colombo.

Beto tinha razão, a prancha era uma peça de museu. Estava lascada por toda parte; a estampa, uma labareda de

— E você, Beto? Pra que esse monte de vidros de geleia vazios?

fogo, era desbotada e quase irreconhecível. Já devia ter surfado pelos sete mares antes de ir parar na loja de usados onde Guga a comprara. "Segunda mão" era o nome do brechó, mas a prancha devia ser de décima pra cima. Ficara anos encostada num canto perto da porta. O dono da loja já estava pensando em lhe acoplar uns pés e tentar vendê-la como tábua de passar roupa. Então, Guga apareceu com as economias das últimas mesadas. Levou a peça, deixando o homem com um sorriso de orelha a orelha.

Guga firmava o último nó que prendia a prancha ao carro, quando Barril chegou; carregava uma mochila, a bola de futebol e duas sacolas de comida.

— Só estou me prevenindo para o pior — avisou, percebendo reprovação no olhar dos amigos. — E se não houver mercado por lá, hein? Imaginem, ficar ilhado, sem alimentos um ou dois dias.

— Tô vendo. Um ou dois dias... — falou Carol. — Você está levando comida para alimentar um exército durante anos.

— Exagerada! — protestou Barril, procurando um lugar no carro para as sacolas de supermercado estufadas até a boca. — São só uns pãezinhos de forma, bolachas, umas balinhas... A propósito — fez cara de quem se lembrara de algo importantíssimo —, nessa ilha tem eletricidade?

— Tem um gerador. Suficiente para as necessidades dos moradores e turistas — respondeu Beto.

— Ótimo! Então, vou em casa buscar uma coisinha. Já volto!

— Já sei! Vai levar a geladeira — comentou Carol, enquanto o garoto se afastava em carreira.

— Barril, vê se não demora. Meu pai não quer se atrasar! Marcou de encontrar seu Peixoto no cais — Guga gritou empurrando mala daqui e mochilas de lá. Desbravou espaço no porta-mala e fez um sinal para Filó, sua cadela. Um *retriever* de pelo loiro saltou para dentro do veículo. Rodopiou duas vezes e largou-se entre um guarda-sol listrado (branco e amarelo) e uma garrafa térmica.

Minutos depois, Barril estava de volta com um saco plástico. Dentro dele havia uma coisa retangular, talvez uma caixa de sapato. Todos ficaram curiosos, mas o garoto não lhes mostrou o que era. Entrou no carro enquanto seu Ademar acenava para a esposa e dava a partida.

Pela primeira vez, Carol, Beto, Guga e Barril saíam de férias juntos. A ideia fora do pai de Guga, ele resolvera acompanhar um colega de trabalho no passeio: uma pescaria fora do continente. Seu Ademar estendeu o convite ao filho e seus amigos, todos toparam na hora.

Convencer os pais foi mais difícil. Carol precisou prometer que arrumaria a bagunça de seu quarto. Limpou guarda-roupa, tirou pó debaixo da cama e até o ferrolho da janela teve que deixar brilhando.

A mãe de Beto estava uma fera com o filho. Dias antes, o garoto misturara dezessete substâncias químicas dentro do liquidificador. Ligou-o e a garagem do pai, que ele chamava de laboratório, quase foi pelos ares. Do pobre eletrodoméstico só sobrou a tampa, encontrada dia seguinte, no quintal da vizinha.

A mãe de Barril lembrou-se do "não se deve nadar depois de comer". Ficou imaginando o risco constante em que estaria seu filho.

Depois de ouvirem infinitas recomendações como "fiquem só na beira, não vão no fundo, cuidado com o sol do meio-dia, obedeçam a seu Ademar, não briguem, comportem-se, o dinheiro que demos é só para uma necessidade, não gastem com bobagens", os quatro, finalmente, receberam a permissão para um feriado na Ilha do Dragão.

2 A IDA

— Puxa, seu Gugão! Legal essa viagem, hein! 'Brigado' por levar a gente — falou Barril.
— O prazer é meu, Daniel. Enquanto Peixoto e eu pescamos, vocês podem se divertir à vontade — respondeu, quando o carro tomava a estrada em direção ao litoral.
— Seu Ademar, já ouviu falar sobre a lenda do Capitão Dragon? Do tesouro escondido na ilha? — perguntou Carol, mas antes da resposta ela desandou a contar o que lera no livro sobre piratas.
— Acho que o Peixoto comentou alguma coisa — disse seu Ademar depois de ouvir o relato. — Ele já esteve na ilha, ano passado. Mas isso é só boato.
— É! Dragão, fantasmas guardiões, essas coisas não existem — completou Beto.
— Eu sei. Só estou repetindo o que estava no livro.
— Por falar nisso, eu tenho uma piada de fantasma! — Barril exclamou.
— Aquela do elevador? — resmungou Guga. — Todo mundo já conhece.
— Eu não — disse seu Ademar. — Pode contar, Daniel.
— Ah, pai... A piada demora duas horas e é super sem graça.
— Melhor ainda — afirmou seu Ademar. — Vai ajudar a passar o tempo. Aliás, que tal fazermos um concurso de piadas?
— Isso, cada um de nós conta a sua — concordou Beto. — O senhor escolhe as mais engraçadas.
— Eu sei uma ótima — adiantou-se Carol. — Essa é pra você, Guga. Três surfistas se encontraram na praia e disseram um para o outro — a menina enrolou a voz como se

— Seu Ademar, já ouviu falar sobre a lenda do capitão Dragon?
Do tesouro escondido na ilha?

tivesse dois chicletes na boca — "E aí... galera?" "E aí... galera?" "E aí... galera?". Então chegou um quarto e falou "E aí... moçada?". Os outros três se olharam e responderam "Ihhhh, olha o cara, meu! Mal chegou, já muda o assunto".

Depois vieram as de papagaio, de bêbado... Foi um festival de anedotas, boas e ruins. Barril contou a do fantasma e arrasou com seu repertório de piadas de elefante. Mas seu Ademar, muito diplomático, disse quilômetros depois:

— Ninguém perdeu. Todas são divertidas.

O protesto foi geral e só parou quando Carol sugeriu outro jogo: Nome de filme.

— No carro não dá. Preciso de espaço pra fazer as mímicas — reclamou Barril.

— Ah, deixa de ser estraga-prazer — Carol falou. — Mas tá bem. Só vale nome que dê pra encenar no carro, ok? Um minuto pra cada filme.

O jogo começou fácil com *Guerra nas estrelas* e *O senhor dos anéis*. Depois se complicou: *Lendas da paixão, O xangô de Baker Street*. Logo a dupla Carol/Barril estava em desvantagem.

— A culpa é sua — a menina esbravejou com o parceiro. — Vê se faz uma mímica decente desta vez — precisavam recuperar rapidamente os pontos. Seu Ademar já avisara que estavam chegando.

— Pode deixar. Esse é fácil — gabou-se Barril depois que Beto lhe cochichou no ouvido. Começou sua *performance* cheio de autoconfiança. Após trinta segundos, Carol deu o primeiro palpite:

— Homem?... Mulher?... Um casal? Casamento? — Barril fez sinal de positivo. — *Quatro casamentos e um funeral* — gritou a menina.

— NÃO! — Guga e Beto falaram em coro.

— Uma criança?... O casal tem um filho? Uma criança de colo? — dizia Carol apressada e cada vez mais confusa — ... *O bebê de Rosemary*.

— NÃÃOO! — Guga e Beto já começavam a contar vitória. Só faltavam alguns segundos.

— O braço? A mão... — Carol não tinha a menor ideia do que Barril estava querendo dizer. — O quê? O pai e a mãe não têm braço? Pai e mãe sem braço e com filho... Mas...

— Tempo esgotado — gritou Beto de olho no relógio.

— Ponto pra gente — levantou a mão no ar e a bateu contra a de Guga. Carol e Barril torceram a cara.

— Sua inútil — berrou o garoto.

— EU? Sua mímica foi de doer — Carol devolveu, mordaz. — Que raio de filme é esse?

— Muito simples: *Ninguém segura esse bebê* — Barril estava indignado com a falta de interpretação da menina.

— Oh, *God*! — Carol espalmou a mão na testa e abanou a cabeça.

— Eu avisei que precisava de mais espaço para as mímicas.

— O problema não é espacial, é anatômico: seu cérebro migrou pra barriga, idio...

— Pessoal, vejam só! — o pai de Guga apontou a paisagem.

Uma explosão de mar azul surgiu no horizonte. O oceano estendia-se até onde os olhos alcançavam e fez com que Carol e Barril se esquecessem de continuar a briga.

— AAAH! — todos disseram admirados, enquanto o carro descia a encosta e se aproximava de Vista Azul, uma cidadela simpática espremida entre as montanhas e o mar, de onde partia o barco para a Ilha do Dragão.

Seu Ademar dirigiu até um estacionamento próximo ao cais. Era o ponto de encontro com Peixoto, que chegara um dia antes para providenciar os apetrechos de pesca.

— Que bom que vieram! — seu Peixoto esperava junto ao portão de ferro. Abriu um sorriso, jogou o cigarro fora e cumprimentou todos com simpatia. — Chegaram na hora! Podem parar ali, perto do meu — apontou uma vaga.

— Os turistas deixam os carros neste estacionamento. Fique tranquilo, Ademar. Conheço o pessoal que toma conta e o ancoradouro não fica longe.

Seu Peixoto e seu Ademar trabalhavam havia muitos anos na mesma firma. Davam-se muito bem, apesar da diferença de idade; Peixoto era bem mais velho, estava prestes a se aposentar. E, então, queria realizar seu antigo sonho: abrir uma loja de pesca.

O pai de Guga manobrou o carro, ainda não tinha desligado o motor e os garotos já começaram a descer e a descarregar a bagagem. Um minuto depois, o grupo seguia a pé pelas ruelas de Vista Azul.

— Será que estamos atrasados? — perguntou seu Ademar.

— Ainda tem tempo — explicou Peixoto. — Antes de sair, o barco dá três apitos. Um a cada cinco minutos. Ele só soltou o primeiro.

— O senhor já esteve na ilha antes, não é? — Carol tentava acompanhar os passos do homem.

— Ano passado. O lugar é lindo, a gente vem pra cá uma vez e quer voltar sempre.

— O senhor conhece a lenda do Pirata? — continuou a menina.

— Todo mundo que vai à ilha acaba ouvindo a história, os pescadores adoram contar esses causos. É só uma crença. Mas não se preocupe, tem uma porção de coisas verdadeiras para se ver e fazer na ilha, as praias são uma beleza, os bancos de corais, trilhas, o passeio até o Forte, uma construção de 1800 e qualquer coisa.

Carol deu-se por satisfeita com tudo o que o local tinha a oferecer; e quando chegaram ao cais nem pensava mais em piratas.

O barco que fazia o traslado à ilha já estava no ancoradouro. Chamava-se Corisco, tinha cerca de vinte metros de comprimento. Não era dos mais modernos, mas parecia bem seguro.

Barril, ansioso por chegar à embarcação, apressou o passo sem olhar para os lados.

BEEEM! SCRRR! — uma buzina e uma freada forte. O garoto teve um sobressalto. Mais alguns centímetros e teria sido atropelado naquela ruela do cais.

Barril, e provavelmente ninguém na cidadela, jamais havia visto um veículo como aquele. Um carrão preto, com vidro fumê, coisa de cinema: uma limusine.

Assustado, Barril deu um passo para trás e cedeu a rua. Ficou olhando oito metros de carro passarem por ele. Quis saber quem eram os ocupantes, mas só viu a própria imagem refletida no extenso vidro negro. Sentiu antipatia por quem quer que fosse que estivesse lá dentro.

3 E UM CONTINENTE FICA PARA TRÁS

Beto foi o primeiro que saltou para dentro do Corisco. Correu até a proa onde havia cadeiras reclináveis e um longo assento acompanhando o contorno do casco. Jogou sua mochila no chão e guardou lugar para os colegas que vinham logo atrás. Filó abanava a cauda sem parar, era a primeira vez que subia num barco. Seu Ademar e seu Peixoto foram para junto do leme. O comandante reconheceu Peixoto e o cumprimentou com um forte abraço e tapas nas costas.

— Legal esse barco. Quantos nós será que faz por hora? — comentou Beto.
— Espero que muitos. Não vejo a hora de chegar — disse Carol.
— Com um nome desse, ele deve ser rápido — Barril largou-se no assento.
— Pois pra mim ele balança demais. Ainda nem zarpamos e já fica sacudindo pra lá e pra cá — Guga tinha expressão de náusea no rosto, apoiou-se no parapeito e sentou, comprimindo a mochila contra o estômago.
— Não vai me dizer que você é daqueles que enjoam no mar! Só falta vomitar em cima de mim — disse Barril, tomando distância do colega.
— Imagina! — Guga franziu a testa. — Isso é fraqueza de menina.
— Pois eu não estou nem um pouquinho enjoada — avisou Carol. — Pelo contrário, estou achando o máximo. *Great!* — debruçou-se sobre o casco. — Barril, me dá uma bolacha. Vamos jogar uns farelos para os peixes.
— Deve ter comida suficiente pra eles aí nesse marzão.
— Deixe de ser munheca, Barril — falou Beto.
— Aaah! Tá bom vai... Mas só uma.
— Vocês precisam falar de comida agora? — retrucou Guga, com o rosto pálido.

O barco soava o segundo apito quando um velhote alto e magro, vestido com casaca listrada, apareceu no convés. Escolheu uma cadeira livre, longe de outros passageiros, e bradou em voz impostada:
— Pode vir, senhor Frederico. Aqui há um lugar, espero que ele seja do seu agrado.

Um garoto de cabelo engomado em gel, roupa social e telefone celular veio à proa com ar enfadonho. Atrás dele, um homem forte, de quepe na cabeça, trazia quatro malas marrons com insígnias douradas: *FAD III*.

Um garoto de cabelo engomado em gel, roupa social e
telefone celular veio à proa com ar enfadonho.

— Deixe as malas aqui — ordenou o garoto ao sentar-se. — E pode voltar para a limusine.

Barril atiçou os ouvidos ao escutar "limusine". Mas, à distância que estavam, não era possível ouvir muita coisa.

— Como queira, senhor Frederico. Virei buscá-lo no dia combinado — disse o do quepe. — E tenha um bom passeio — retirou-se fazendo uma reverência.

— Bom passeio! — riu o menino com sarcasmo. — Será difícil, não acha? — falou para o da casaca, enquanto retirava do bolso um segundo telefone celular e pressionava-lhe as teclas.

— Seu pai insistiu — respondeu o velhote. — Acha que essa viagem lhe fará bem. Ele virá ao seu encontro assim que for possível; amanhã, talvez.

— O que fazer numa ilha primitiva como essa? Eu disse que não queria vir para cá, sempre escolhi onde passar minhas férias — retrucou inconformado. — Não há hotéis decentes, nem praia particular! Terei que dividir com esses... — lançou um olhar a Carol, passou-o para Beto, Guga e, finalmente, chegou em Barril, que abocanhava duas bolachas de uma vez só — ... Essa gentalha esfomeada.

Não ter sua vontade atendida parecia ser uma experiência nova para aquele garoto. O fato o deixava de mau humor e cheio de azedume com tudo e todos ao seu redor.

— E como é mesmo o nome do lugarzinho onde tenho reserva? — perguntou ao velhote.

— Pousada MaréBoa. O dono da pensão, seu Valdo, estará esperando os hóspedes no ancoradouro da ilha. Qualquer coisa que precisar, peça a ele — respondeu, mas o garoto não lhe deu atenção.

— Droga! Sem contato — resmungou, fitando o segundo telefone celular. — Já devia imaginar que não funcionariam nesse fim de mundo.

O último apito anunciou a partida do barco.

— Senhor Frederico, preciso ir. Desejo-lhe boa viagem. Com licença — o velhote encaminhou-se à popa e saltou para terra.

Instantes depois o Corisco zarpava rumo à Ilha do Dragão.

— Guga, é melhor tomar um pouco de água — Beto estava vendo o rosto do amigo adquirir uma cor esverdeada.

— Não estou... com sede — tinha a respiração pesada.

— Ah! Já que você falou em água... Lembrei! Vou ao banheiro... Só pra fazer xixi, claro — mentiu. Com uma mão no estômago e outra tapando a boca, saiu cambaleando e derrubou uma das malas marrons com insígnia. O dono dela ameaçou um insulto, mas Barril foi mais rápido:

— Quer dizer que foi você que quase me atropelou?

O garoto engomado virou-se surpreso. Arqueou uma sobrancelha ao ver Barril parado a seu lado. O incidente do cais voltou-lhe à cabeça.

— Você que não olha por onde anda. E seu amigo não fica atrás — apontou a mala tombada.

— O Guga estava com pressa. Caso de emergência — Beto aproximou-se para puxar conversa com o desconhecido. — A propósito, meu nome é Beto. Essa aqui é Carol e ele é o Barril.

— Barril!? — o garoto correu os olhos pelo apresentado de cima a baixo; depois, de lado a lado. — Ah, sim... Compreendo.

— E você, quem é? — perguntou a menina.

Ele mostrou as iniciais nas malas:

— Frederico de Alcântara Dornelles Terceiro — respondeu como quem arremessa uma granada e espera pelo seu impacto. Mas Carol não pareceu se abalar, aquele nome não lhe dizia nada.

— Ah... — falou ela casual. — E quem são aqueles dois que acompanharam você?

— Um é o mordomo. O outro é meu motorista particular — fez uma pausa e olhou a sua volta. — Quem foi que carregou as malas pra vocês?

— Nós mesmos. Colocamos as mochilas nas costas e pronto — contou Beto, enquanto Barril olhava as insígnias de perto.

— Terceiro se escreve com "T", não com "III" — Barril parecia triunfante ao achar o erro nas coisas daquele garoto.

— Isso não é sobrenome. É número, sou o terceiro na linhagem de minha família. Meu pai, por exemplo, é o segundo — disse impaciente. Estava achando aquela conversa abominável. — Onde é que ficarão hospedados, hein? — perguntou enquanto pensava: "Não quero contato com eles. Por favor, não na pousada MaréBoa, não na pousada Maré-Boa, não..."

— Na pousada MaréBoa — disparou Barril.

— É. Foi lá que seu pai fez as reservas, não foi, Guga? — Beto perguntou ao amigo, que retornava do toalete com uma fisionomia menos verde.

— Foi — respondeu e sentou-se no banco rapidamente. Olhou a espuma d'água brotando do casco e contorceu o rosto. — Quanto falta pra chegarmos, hein? — mas a voz saiu tão comprimida que ninguém o ouviu.

— Vocês estão viajando com o pai dele? — Frederico lançou um olhar sobre Guga.

— O seu Ademar é demais. Veio pescar com um amigo e trouxe a gente junto — respondeu Carol. — E você, está viajando com quem?

— Meu pai virá depois. Está... ocupado na empresa — na voz houve um tremor melancólico, uma nuance que, no segundo seguinte, foi sobrepujada. — Ele está fechando um negócio de milhões de dólares. Não tem tempo sobrando como o seu pai, Gu...? Como é mesmo seu nome?

— Leonardo Gusmão. Mas pode falar só Guga — adiantou-se Carol, notando que o dono do nome não estava em condições de conversa. — E você, tem algum apelido, Frederico?

— No internato onde estudo me chamam de "Frédi, o Rico". Não gosto muito de apelidos, mas esse até que me cai bem. Agora, me deem licença. — Cobriu o rosto com óculos escuros e voltou-se para o oceano à frente. Carol, Beto, Guga e Barril perceberam que a conversação estava encerrada.

4 CHEGANDO À ILHA

O Corisco seguiu sua rota e a ilha, antes um ponto escuro no horizonte, começava a adquirir contornos. A praia era extensa e sinuosa. Sobre a areia branca, palmeiras oscilavam ao sabor do vento. Tinha construções simples que se espalhavam pela orla, a Vila dos Pescadores. Atrás dela, uma vegetação intensa subia pelas colinas. Era fácil entender porque a ilha fora batizada, a princípio, como Montesverdes. O comandante soou o apito, desligou o motor e deixou o barco deslizar suavemente até o ancoradouro. Eram 13h22 quando o Corisco aportou na Ilha do Dragão.

Na proa, Guga fez cara de alívio:

— Finalmente!

Os passageiros desceram com suas bagagens, alguns já tirando as primeiras fotos. Carol, Beto, Guga e Barril desembarcavam logo atrás de seu Ademar e seu Peixoto, quando ouviram uma algazarra vindo em sua direção: um casal discutindo.

— Ainda bem que o barco chegou — bradou ela, escandalosa. — Nunca mais volto nessa ilha. Vamos rápido com as malas, Olavo — o marido, carregando toda a bagagem, vinha logo atrás. — Era enorme! — ela continuou. — Parecia um dragão, um lagarto gigante, cheio de escamas. Sei lá o que era aquilo.

— Mas querida, você tem certeza de que quer ir? Nós mal chegamos. Pense melhor, se acalme...

— Calma? Eu podia ter morrido e você me pede calma? Vi com meus próprios olhos, Olavo. Ali na Praia do Ovo, aquela das tartarugas. A coisa veio nadando em minha direção.

— Meu bem, pode ter sido só uma sombra na água. Uma alga, talvez... — disse o marido.

— AH, OLAVO! Você nunca acredita no que eu falo! — respondeu furiosa. — Fique aqui se quiser, mas fique sozinho. Eu vou embora, as férias pra mim acabaram. Banho, agora, só na piscina do clube — passou pelos garotos com andar duro, saltou para o Corisco segurando o chapéu vermelho que o vento ameaçava levar. Carol, Beto, Guga e Barril trocaram olhares intrigados.

* * *

— Sejam bem-vindos à ilha — falou um senhor; usava sandálias e roupas simples. Seu Valdo devia ter mais de 60 anos e parecia bem simpático. Viera buscar o grupo que se hospedaria em sua pousada. Reconheceu Peixoto do ano passado e o cumprimentou, depois se voltou para o pai de Guga. — Ah! E você é o Ademar Gusmão, muito prazer. Falamos pelo telefone quando fizeram as reservas. Mas então, como foi a viagem?

— Excelente! O Corisco é uma beleza de barco, firme e forte — respondeu seu Ademar.

Guga revirou os olhos.

— Esse aqui é meu filho, Leonardo, e os amigos: Daniel, Gilberto e Carolina.

— Chame a gente só de Guga, Barril, Beto e Carol. E essa é a Filó — explicou a menina.

— Vão adorar a ilha — disse seu Valdo. Fez, então, uma pausa e olhou ao redor, intrigado. — Escutem, vocês não viram um rapazinho, mais ou menos da idade de vocês? Acho que está viajando sozinho. Ele também será meu hóspede. Deveria ter vindo nessa barca.

— É um chato de cabelo engomado e telefone celular? — perguntou Barril, e seu Valdo achou graça. — Ainda está no barco, esperando alguém pra carregar as malas.

— Ah! Entendo — o velho contorceu os lábios. — Deve ser ele mesmo. Já venho! — seu Valdo subiu a bordo do Corisco. Cinco minutos depois, estava de volta com três malas na mão e Frederico em seu encalço.

— DEVOLVA ISSO!

— Estou levando três, você carrega a quarta mala sozinho.

— Quero um carregador, tenho dinheiro pra pagar.

— O barco retorna para o continente em dez minutos, é melhor pegar sua mala logo. Senão, vão zarpar com ela dentro — gritou seu Valdo, já da areia.

— Ótimo, então volto junto com minha mala. Não quero mesmo ficar nessa ilha calorenta. Traga-me o resto da bagagem, nativo insolente. Vai ver só quando avisar meu pai sobre seu comportamento.

Mas seu Valdo não se alterou. Passou pelo grupo que o esperava na praia:

— Desculpem o imprevisto. Vamos indo! A pousada fica nessa direção.

— E o Frederico? — perguntou Beto.

— Estou com três malas dele, acabará vindo atrás da gente. Nunca vi um garoto precisar de tanta bagagem para seis dias — resmungou.

— VOLTE AQUI! Minhas malas. Polícia! — os gritos de Frederico ficaram cada vez mais remotos à medida que se afastavam do ancoradouro.

— Essa é a Vila dos Pescadores — explicou seu Valdo. — A Praia da Vila é um pouco suja aqui no cais por causa dos barcos, mas logo à frente a areia e a água são limpíssimas. Ali é a Oficina do Magrelo, ele conserta barco, jangada, tudo; o sobrado entre as árvores é o Posto de Saúde; aquela casa amarela é a Lojinha do Pacheco, faz trabalhos artesanais... Bom dia, Clóvis! — acenou a um pescador que puxava seu barco para a areia. E continuou a caminhada mostrando o Restaurante da Dita, a melhor moqueca do mundo; o Ateliê do Jeca Tatoo, que fazia tatuagens e camisetas na hora, era só o cliente escolher a estampa; o Posto Policial; uma casa de janelas azuis, que era a Estação de Pesquisa; o Botequim do Compadre Aníbal, aberto a qualquer hora para quem quisesse tomar uns tragos com o dono; o mercadinho da Zuleica...

Barril ficou alguns passos para trás ao procurar por uma bala no bolso. Desembrulhou-a, enfiou-a na boca e jogou o papel fora. A embalagem rodopiou ao sabor da brisa e pousou sobre a areia branca.

— Ei, garoto! Você aí! Psiu! — Barril virou-se e viu um rapaz se aproximando, tinha cabelos longos presos em rabo de cavalo e uma camiseta de "Salvem a Amazônia". — Você deixou cair — falou ele numa naturalidade simulada, apanhando o papel de bala.

— Deixei cair? Não, eu... Ah!...

O rapaz, então, mudou o tom de voz e disse com sarcasmo:

— Ah! Não vai me dizer que você jogou de propósito?
— Bem, eu...
— Escuta aqui, menino — falava agora com acidez. — Faça o favor de não jogar lixo por aí.

— Mas não tô vendo nenhuma lixeira por perto! — bradou Barril.

— Então guarde o lixo com você até encontrar uma — num tapa o rapaz devolveu o papel à mão do garoto. — Se pegar você, ou um de seus amigos — lançou um olhar ao grupo que ia à frente — poluindo a praia, acabo com suas férias, ouviu! — deu as costas e encaminhou-se à Estação de Pesquisa.

Barril apertou os olhos, revirou a bala na boca com lentidão enquanto via o rapaz se afastar. Então, enfiou a embalagem no bolso e correu ao alcance dos colegas.

5 A POUSADA MARÉBOA

Foi uma longa caminhada até a pousada MaréBoa, ela ficava quase ao final da Praia da Vila. Era um sobrado cor de mel, com portas e janelas de madeira. Alguns coqueiros jogavam sombra na varanda que margeava toda a casa. Ficava de frente para o mar, a vista era linda. No fundo havia um quintal cheio de palmeiras, algumas servindo de mastro para o varal de roupas; também havia galinhas e uma arara que morava ali desde bebê. Um pequeno barco a motor, com três metros de comprimento, ficava ancorado nas proximidades. Pertencia à pousada e também se chamava MaréBoa.

No andar de baixo havia uma sala grande com mesas para o café da manhã e um balcão que fazia vez de recepção. A maioria dos quartos de hóspedes ficava no piso superior, alguns com vista para o mar, outros para a montanha. Todos decorados com simplicidade.

Seu Valdo tinha dois sócios no negócio: o casal mestre Dimas e don'Ângela. Juntos tocavam a pousada como um time perfeito. Seu Valdo recepcionava os turistas e cuidava das finanças; mestre Dimas, que conhecia a ilha de cabo a rabo, levava os hóspedes para passeios pelas trilhas; don'Ângela cuidava das refeições e da arrumação dos dormitórios.

Seu Valdo acomodou Filó na varanda, depois mostrou os quatro quartos disponíveis. Seu Peixoto e seu Ademar ficaram no primeiro, Beto e Guga no segundo e Carol ganhou um só para ela.

— Olha, garoto — seu Valdo interpelou Barril enquanto abria a última porta do corredor —, nós estamos lotados. Sabe como é, feriado! Não temos mais camas vagas. Será que você se importaria em dividir o quarto com outro hóspede?

— Por mim, tudo bem — Barril deu de ombros e jogou a mochila numa das camas.

— Ótimo! Muito obrigado. Sabia que podia contar com você.

— Quem é o meu companheiro de quarto?

— Ele está pra chegar — disse seu Valdo e retirou-se.

Barril espalhou suas coisas pelo cômodo. Pôs a bola de futebol ao pé da cama e abriu o embrulho que correra para buscar em casa antes de saírem. Era uma torradeira. Colocou-a sobre a mesinha de cabeceira como uma rainha em seu trono. Sentiu que as férias seriam ótimas e começou a vestir-se para a praia. Já estava quase pronto quando ouviu uma gritaria subindo as escadas.

— O QUÊ? Não tenho um quarto particular?

— Estamos lotados. Lá ou no quintal, junto com as galinhas.

Tum-tum-tum — bateram à porta de Barril. Seu Valdo já foi entrando cheio de malas, parecia furioso. Atrás dele, o garoto engomado do barco.

— E mais essa ainda! — retrucou Frederico, ao ver o parceiro de quarto. Barril estava no meio do cômodo, só de calção e cercado por farelos de torradas pelo assoalho.

— Vocês vão se dar bem — seu Valdo foi embora deixando as malas e os dois garotos com caras amarradas.

Alguns segundos se passaram antes da primeira e única manifestação entre ambos:

— A cama da janela é minha — rosnou Barril feito cão bravo e foi para a praia.

* * *

Os garotos e Filó cruzaram a varanda em carreira.

— Não nadem muito no fundo, ouviram? — gritou-lhes seu Ademar. — Fiquem perto da margem. Qualquer coisa, chamem seu Valdo, ele estará por aqui. E Guga, lembre o que sua mãe disse, protetor solar número 20, no corpo todo, menino! Peixoto e eu vamos providenciar o barco para a pescaria de amanhã. À noite jantaremos no Restaurante da Dita. Que tal?

Carol, Guga, Beto, Barril e Filó caíram no mar sem ouvir nem meia palavra das recomendações.

— Que delícia de água — Beto deu umas braçadas.

— Tô vendo meu pé — admirou-se Carol. — É super-limpa.

— E esses peixes — Barril fez a mão em concha tentando prender um deles.

Guga encheu os pulmões e deu um mergulho, voltou à superfície cuspindo água feito foca. Fez um sinal para Beto, que logo entendeu a intenção.

— Cuidado, Carol, atrás de você! O monstro, o dragão! — gritou Beto.

Guga, por baixo d'água, deu um puxão no pé da menina, que quase morreu de susto. Ao perceber o engodo, esbofeteou o mar, espirrando água em todos.

— Para com isso, Carol — reclamou Guga em meio aos respingos. — Vamos ver quem nada mais rápido, tá bom? Todo mundo na mesma linha, até a altura daquele coqueiro. Um, dois, três e... JÁ!

E partiram apressados provocando o que parecia um maremoto. Segundos depois, Beto gritava eufórico:

— Ganhei, ganhei!... Beto, o tubarão negro — se autointitulou.

— Você saiu na frente — protestou Carol.

— Barril, a baleia branca — gracejou Guga e, após uma pausa, falou cheio de si: — Agora, vou mostrar pra vocês... "Guga, o cavaleiro das ondas" — e voltou à areia para apanhar a prancha.

De uma das janelas da pousada, Frederico observava o grupo: "Teria ganhado essa de olhos vendados, nado melhor que qualquer um deles". Correu, então, os olhos pelo

quarto: um ambiente sem luxo e coisas de Barril espalhadas por todo lado; fez uma expressão de asco. Ainda estava com a roupa de viagem e as malas fechadas. Frederico refletiu por um momento, era chegada a hora de tomar medidas drásticas.

Andou pelo aposento com os dois celulares em punho e braços estendidos. Achou um ponto onde os aparelhos deram sinal de contato. O garoto tirou do bolso um papel e digitou o número que procurara nas Páginas Amarelas antes de sair de casa. O telefone chamou três vezes e uma voz polida do outro lado anunciou:

— Iate Clube Beach and Sea, boa tarde. Laura Lima às suas ordens, em que posso ajudá-lo?

— Aqui é Frederico de Alcântara Dornelles Terceiro. Quero alugar um iate, o mais luxuoso que tiverem. O preço não importa.

O plano do garoto era ser resgatado dali rapidamente. Queria um barco que viesse com tripulação, serviçais e comida de categoria. No iate esperaria pela chegada do pai. Com certeza ele aprovaria a ideia, pois nenhum Alcântara Dornelles ficava de bom grado numa pousada como a MaréBoa.

Mas o iate foi por água abaixo, pelo menos temporariamente. Laura Lima disse que a embarcação desejada só estaria disponível em dois ou três dias. A atendente pegou o número do garoto e avisou que ligaria de volta. Frederico contorceu os lábios ao desligar: "Como aguentar mais dois ou três minutos neste muquifo?". O garoto jogou o telefone sobre a cama e ouviu gritos lá fora:

— Pega a prancha, pega! Põe a Filó em cima dela... Olha a onda... Passa a bola, Barril. Vamos ver se você é bom de Aquabol.

"Precisam berrar desse jeito?", pensou Frederico e bateu a janela com violência.

6   **UM JANTAR E ALGUNS MISTÉRIOS**

O sol baixou e tingiu o céu em tons laranja, o final de tarde na Ilha do Dragão era como uma obra de arte, um quadro sem molduras. E, sobre ele, um pequeno ponto móvel levava o 52º tombo.

Era Guga. O garoto passara horas treinando, mas ainda não conseguia se equilibrar na prancha. Mesmo assim, não parava de elogiar o mar:

— Maneirééézimo! Massa, meeeu! É mamão com mel, galera, adrenalina pura.

— Iiih! Nem aprendeu a ficar em cima da prancha, já tá querendo falar como surfista — disse Barril. — Essas gírias não combinam com você.

— Você não entende nosso sistema de comunicação.

— Nosso? Quer dizer que você já está se incluindo no grupo? — Beto desatou a rir.

Enquanto isso, Carol foi caminhar à procura de conchas. As escolhidas, trazia para debaixo do guarda-sol e as largava sobre a toalha. Já juntara uma porção quando seu Ademar, próximo à entrada da MaréBoa, chamou por todos:

— Carolina, meninos! Hora de jantar.

— Péra um pouquinho, pai! Já estamos indo.

Esse pouquinho não durou menos de uma hora, havia escurecido quando entraram cheios de areia na recepção da pousada. Seu Ademar deu-lhes dez minutos para tomarem banho e se arrumarem. Todo mundo disparou para os quartos e, logo depois, já estavam de volta. Guga foi o último a descer, tinha o rosto vermelho de sol e andava como robô, os braços afastados do corpo.

— O que foi, Guga? — perguntou Beto.

— A camiseta não pode relar nas minhas costas. Tô ardendo!

Carol, Beto e Barril deram risadas.

— Há, há, há! Muito engraçado — falou Guga.

— Eu pensei que surfista de verdade não tivesse esse problema — Carol ironizou.

— Não contem pro meu pai. Já estou vendo o falatório: "Nunca me escuta, avisei para passar protetor, não faz o que eu mando".

— Até que enfim, filho. Por que demorou tanto? — seu Ademar aproximou-se.

— Não é nada, não, seu Gugão — adiantou-se Barril. — Ele só estava escolhendo a melhor roupa para o jantar, não é? — e deu uns tapinhas nas costas do colega.

O Restaurante da Dita era uma enorme varanda de frente para o mar. Chão de cimento, móveis de bambu e um cheiro de cozinha que abria o apetite. Os turistas sabiam que a comida era boa e lotavam o local. Sobrara apenas uma mesa livre e havia briga por ela:

— QUERO SENTAR NESSA MESA. ESTÁ VAZIA!

— Mas nem dinheiro cê tem, menino — respondeu uma senhora gorda de chinelo de dedo.

— MULHER ESTÚPIDA! Nunca ouviu falar de cartão de crédito?

— Escuta, menino, é melhor i'mbora. Onde tão seus pais, hein? Essa comida q'cê pediu aí com nome francês, num fazemos mesmo. E a mesa já tá reservada pr'um pessoal. Olha lá, eles chegaram.

Seu Peixoto abriu um sorriso ao ver dona Dita, já a conhecia do ano anterior. Cumprimentou-a e apresentou o resto do grupo.

— Dita, vou querer aquela moqueca de sempre! Os outros ainda vão olhar o cardápio — Peixoto puxou a cadeira.

— Graças a Deus q'cês chegaram. O moleque ali tava querendo se apossar da mesa — dona Dita apontou Frederico, que se afastava de cara amarrada e guardando os cartões de crédito.

— Não é aquele do barco? O que queria um carregador? — seu Peixoto perguntou.

— É ele mesmo. O Frederico "qualquer coisa" Terceiro — respondeu Carol.

— Ah! Pode deixar então, Dita. Ele janta com a gente — puxou mais uma cadeira e chamou pelo garoto.

Barril torceu o nariz. E torceu mais ainda quando a cadeira livre foi posta a seu lado.

Frederico não queria a companhia daquela turma, nem sentar em cadeiras de bambu. Pensou em recusar, mas estava sem comer desde cedo, não havia outra mesa livre e seus cartões de crédito não serviam. Contrafeito, acabou aceitando o convite.

Minutos depois, seu Peixoto já se perguntava se fora boa ideia convidar Frederico para jantar. Enquanto os outros contavam sua tarde divertida, o menino rico só reclamou. Criticou a falta de recursos na ilha, a gente ignorante e até a areia, que entrava nos seus sapatos de 300 dólares. Explicou que tudo fora ideia do pai.

— Já ouvi falar dele, é um empresário famoso — dizia seu Ademar, quando os pedidos chegaram à mesa trazidos por um rapaz magrinho, sobrinho de dona Dita.

A comida estava ótima e todo mundo adorou, inclusive Frederico, que não quis admitir. Foram porções enormes e, à exceção de Barril, ninguém conseguiu comer tudo.

— Escuta, você não vai querer mais, não? — Barril olhou o prato de Frederico, metade da lagosta estava intacta.

— Estou satisfeito. Além disso, esses não são os talheres corretos. Impossível comer lagostas com eles.

— Eu acho que consigo. Dá licença! — Barril puxou o prato e, sob o olhar assombrado de Frederico, começou a raspar o molho com miolo de pão. Enquanto isso, o pai de Guga pediu a conta.

* * *

No caminho para a pousada, seu Peixoto apontou um pessoal reunido ao redor de uma fogueira.

— Vamos escutar os causos dos pescadores. Peixes de três metros, tesouros, fantasmas... Tudo que ouvirem cortem pela metade.

Lá estavam seu Valdo, Dimas, don'Ângela, o rapaz com rabo de cavalo, Pacheco, Jeca Tatoo, Zuleica, compadre Aníbal cambaleando de bêbado e mais uma porção de moradores e turistas. A fogueira na praia era um ponto de encontro na ilha, os mais jovens o chamavam de "luau".

Frederico não topou o programa e quis voltar para a pousada, tentaria adormecer antes que Barril chegasse e lhe causasse insônia. Pensou num plano: "Bloquear a porta com uma mesa e impedir a entrada do 'peixe-boi'". Deu as costas quando seu Valdo o interceptou:

— Menino, não prefere ficar aqui com a gente um pouco?
— Não — disse com aridez.
— Bom, então boa noite... Só tome cuidado com os bichos.
— Que bichos? — Frederico se reteve e fez a pergunta com ar desinteressado.
— Ah, na mata tem uma porção. À noite, descem pra praia à procura de alimento, sabe! Nessa escuridão — apontou o caminho para a pousada —, o ataque é fácil. A vítima não enxerga nada, quando vê já foi abocanhada. Mas assim é melhor, não é? A morte é rápida, quase indolor — e voltou para junto do fogo.

Frederico engoliu seco. Fitou a escuridão fria e solitária ao longo da praia. Depois, a luz quente e comunitária da fogueira, resolveu ficar com a segunda opção e juntou-se ao grupo.

Um nativo tocava uma moda de viola que falava da alegria dos pescadores ao voltarem para casa com o barco cheio de peixe. Depois foi a vez de Chicão, um morador, contar seu causo: quatro dias perdido no mar. Primeiro combatera uma lula gigantesca, depois uma baleia e um tubarão assassino.

— Matei ele co'as minhas próprias mãos. Pus em cima da jangada pra trazer pra casa.

— E cadê o bicho? — perguntou um rapaz, rindo do absurdo.

— Calma, a história inda num acabou. No quarto dia, vieram umas piranhas esfomeadas. Tive que jogar o tubarão n'água pr'elas me deixar em paz.

— Ô Chicão, piranha só dá em rio — alguém gritou.

— Então era um bicho parecido. E eu troux'eles pra mostrar, mas quando já tava quase na ilha, faltando um tiquim só, veio uma onda. Vinte metros de altura, quase me vira a jangada. As piranhas, que tavam num cesto, caíram tudo n'água.

— Onda de vinte metros? Aqui? — duvidou Guga, pondo banca de surfista.

— Ora essa, menino. Tá descrendo de mim? Já era pescador, cê num tinha nem nascido.

Carol, vendo Guga sem resposta, foi em seu socorro:

— Ele pode não acreditar nessas histórias, mas toca o que vocês pedirem — disse ela.

Guga, já vermelho de sol, ruborizou por completo. Depois de alguma relutância aceitou entoar uns acordes. Pensou nas músicas clássicas que conhecia, mas optou por algo mais adequado à ocasião, as irmãs Fonseca entenderiam que o momento não era para Chopin. Tocou uma balada sobre pôr do sol e surfistas. O pessoal gostou, alguns cantaram juntos, outros marcaram o ritmo batendo palmas. Ao final, Guga sorriu todo sem graça e devolveu o violão ao dono. O nativo disse:

— Eta, rapazim bom de viola — e encheu a mão. Deu um tapaço nas costas do garoto.

Guga revirou os olhos de dor e os lábios ensaiaram um palavrão. Mas seu Ademar estava por perto, ele não podia ouvir o filho usando tais expressões, muito menos saber das costas ardendo. O garoto engoliu o pré-xingamento e mostrou os dentes num sorriso metálico e dissimulado.

Foi então que mestre Dimas pediu a palavra.

— Agora eu vou contar uma história verdadeira. Só dura esse tantim — mostrou o cigarro de palha e acendeu-o com um graveto em brasa. — Não é causo de pescador, não senhor! É verdade verdadeira. Quem tiver medo d'alma penada é melhor ir pra casa... Foi há muitos anos, no continente só tinha umas vilinhas e o mar era infestado de piratas. Um deles era temido por todos, o Capitão Dragon.

Fez uma pausa e deixou a onda de temor correr pelos ouvintes.

— Dizem que o homem tinha parte com o demo — continuou ele —, olhava a água do mar e sabia dizer se um barco havia passado por ali. Atacou uma porção de navios, navio inglês, francês, espanhol, português... roubava o que tinham, joias, ouro, tudo. Impossível escapar de suas emboscadas em mar aberto...

O que mestre Dimas contou nos minutos seguintes era uma versão aterrorizante e dramática daquilo que Carol lera no *Piratas famosos da História*. O nativo falou das batalhas sangrentas, do corpo esquartejado, sobre o tesouro estar na ilha, da maldição. E rematou a narrativa avisando que nos últimos tempos alguns banhistas juravam ter visto uma criatura esquisita dentro d'água.

— Isso é só um mito — contestou um moço descrente. — Monstros e fortunas escondidas não existem.

— Rapaz — disse mestre Dimas lentamente —, quem duvidar d'alma do Dragon, que vá procurar o Ciro Torto.

Houve um zunzum entre os turistas: "Quem seria esse Ciro Torto?", e mestre Dimas explicou:

— É um daqueles que procurou o tesouro e pagou o preço... Foi atacado pelo monstro, quase morreu. Teve o rosto cortado de fora a fora e perdeu a vista esquerda, a cicatriz assusta té cão brabo. É a marca do Dragão, vai carregar a danada pro resto da vida.

— Mas onde está esse tal de Ciro Torto? — perguntou uma turista.

— De vez em vez aparece e toma o barco pro continente c'uma sacola surrada a tiracolo. Ela vai e volta cheia, ninguém sabe o que tem dentro — falou mestre Dimas. — O Ciro Torto mora aqui, mas bem longe da Vila dos Pescadores. Vive sozinho num canto isolado da ilha, a Praia Quebrada. Só ele e Deus... Ou o diabo... É, minha gente, pescador cuidoso respeita as águas e as almas do mar — finalizou mestre Dimas, atirando o toco do cigarro ao fogo. Uma trepidação subiu, um silêncio denso pairou. Tão denso que podia ser cortado. E foi o que aconteceu: no instante seguinte, uma voz enrouquecida e sombria navalhou o ar.

— Você se esqueceu de contar que o Dragão também quase levou minha perna — um vulto estava parado a alguns metros, bem às costas de mestre Dimas; um vulto carregando sacola a tiracolo. Ele aproximou-se puxando uma perna torta, a luz do fogo mostrou o relevo pavoroso de seu rosto. Era um homem com idade entre seu Ademar e seu Peixoto. Tinha uma cicatriz profunda que lhe atravessava o lado esquerdo do rosto, ia da testa até o queixo, passando pelo olho cego de íris esbranquiçada. Uma figura de meter medo, em roupas esfarrapadas. Parecia a própria alma penada do Pirata vinda do inferno. Até os moradores da ilha, que já o conheciam, sentiram desconforto.

— Quer sentar co'a gente, Ciro? — disse mestre Dimas. — O fogo inda dura um par de horas.

Criou-se um embaraço, ninguém queria que o homem aceitasse o convite. E, como se esse desejo tivesse sido entendido, Ciro Torto deu as costas. Saiu coxeando com sua

— Você se esqueceu de contar que o Dragão também quase levou minha perna.

sacola e deixou um rastro irregular na areia. Subiu num barquinho buscando apoio na perna boa e desapareceu na escuridão do mar.

* * *

O fogo começava a enfraquecer quando Peixoto e Ademar embalaram uma conversa com mestre Félix, o nativo que os levaria para a pescaria no dia seguinte. Carol, Beto, Guga e Barril voltaram para a pousada. Frederico, que estava com medo, mas não dava o braço a torcer, resolveu acompanhá-los.

— Perder meu tempo ouvindo bobagens.

— Não é, não — falou Carol. — Eu li a mesma história num livro sobre piratas.

Beto achava as observações de Frederico bem antipáticas, mas nesse ponto estava de acordo.

— Os fatos históricos até fazem algum sentido. Mas monstros, fantasmas... Isso não existe.

— Esse Dimas, nem falar direito sabe. "Dispois, cumé, mar brabo, sumbração..." — retrucou Frederico. — Povo ignorante acredita num monte de asneiras.

— Mas e o Ciro Torto? Vai me dizer que não ficou com medo dele? — Guga fez uma careta, contorceu a boca e fingiu mancar de uma perna.

— O que ele precisa é de uma cirurgia plástica — respondeu o garoto rico, sem achar graça na encenação.

— Se você não acredita, então por que esperou pra voltar com a gente? Medo do escuro, é? — debochou Barril.

— Medonha é a falta de postes elétricos — revidou Frederico. — Mas tudo isso irá mudar, em breve.

— Mudar? Por quê? — Barril perguntou desconfiado, quando chegavam à MaréBoa.

Frederico abriu a boca para responder, mas mudou de ideia.

— Isso não lhe diz respeito... Ah, e outra coisa: amanhã cedo, não faça barulho. Gosto de dormir até tarde e acordar a hora que bem quiser. Se ouvir um pio, mastigação de bolacha ou seus pés de hipopótamo caminhando pelo quarto, você me paga. Entendeu?

Barril estreitou os olhos. Quase explodia de raiva, sentiu vontade de quebrar o nariz daquele menino. Mas se controlou, uma ideia se sobrepôs à fúria. Grunhiu entre os dentes enquanto Frederico já ganhava a escada:

— Pode deixar, eu não vou fazer barulho.

* * *

Guga caiu no sono assim que chegou ao quarto. Beto ainda separou os vidros de geleia para o dia seguinte. Vestiu o pijama e foi fechar a vidraça mas, chegando ao parapeito, se reteve. Ouviu uma conversa cochichada vinda da janela de baixo. Beto reconheceu a voz, seu Valdo parecia falar ao telefone. O barulho das ondas encobria as frases e tudo o que chegou aos ouvidos do garoto foram palavras soltas:

— Ele não desconfiou... Vamos esperar a hora certa, Jarbas — uma pausa, a pessoa do outro lado da linha deveria estar falando. — Mas não é fácil... Eu sei, eu sei, Frederico é... Sequestro... Cuide você das coisas por aí... Combinado, Jarbas... Agora é melhor desligar, antes que alguém apareça. Depois nos falamos. Até mais!

Beto ouviu passos e uma porta batendo. O menino esperou uns instantes, como não escutou mais nada, fechou a janela e ficou pensativo. Minutos depois, Beto adormeceria despreocupado e convencido de que ouvira "sim quero" e não "sequestro".

7 BARRIL x FREDERICO

O dia estava lindo e Peixoto quis sair cedo para a pescaria. Seu Ademar convidou os garotos a virem juntos. Mas a ideia de passar horas num barco assombrou Guga e seu estômago. Para sua sorte, Carol, Beto e Barril também preferiram não ir. Seu Ademar deu-lhes, então, dinheiro para que almoçassem na Praia da Vila e fez uma lista de recomendações que durou vinte minutos. Em seguida, partiu com o colega.

Carol, Guga, Beto, Barril e Filó foram para a praia logo depois. Seguiram uns 500 metros e chegaram a um local quase sem turistas. Beto dera a ideia:

— Ali perto das rochas tem um banco de corais — explicou, carregando máscara de mergulho e *snorkel*.

Antes de entrarem na água, Carol voltou-se para Barril e perguntou, intrigada:

— E o tal do Frederico? O que foi feito dele?

— Ainda estava dormindo quando saí. Mas vai acordar logo — respondeu o garoto com um pequeno sorriso de triunfo estampado no rosto.

— Como é que você sabe?

— Ah!... Só tô chutando — Barril desviou o olhar enquanto Guga atirava-se no mar com a prancha.

Filó ficou em terra esburacando a areia atrás de minicaranguejos; Beto, Carol e Barril nadaram até as rochas.

O banco de corais era fabuloso, um jardim em primavera debaixo d'água. Peixes coloridos e de formas variadas, estrelas-do-mar, ouriços e conchas. Qualquer um poderia passar horas observando o espetáculo marinho sem se cansar.

— Bárbaro! — o rosto de Carol surgiu sobre a água atrás da máscara de mergulho.

— Agora é minha vez. Você já tá com a máscara faz um século — disse Barril.
— Ei! Olhem quem vem vindo! — Beto apontou Frederico. O menino pisava duro na areia.
— VENHA AQUI, SEU GORDO COVARDE! — ele gritou.
Beto e Carol entreolharam-se. Não entendiam o motivo da ofensa. E, antes que pudessem perguntar, Barril devolveu:
— EU NÃO! A distância é a mesma. E covarde é a vovozinha.

O rosto de Frederico exalava ódio. Minutos antes, havia acordado com uma barulhada ensurdecedora: don'Ângela entrara no quarto batendo duas tampas de panela. Parou só por um instante para escancarar a cortina e, depois, continuou com a algazarra. Frederico deu um salto da cama, o coração quase saindo pela boca. Seria um pesadelo?
— O QUE É ISSO? ENLOUQUECEU, SUA VELHA GAGÁ!
— Mas cê que quis ser acordado desse jeito! — gritou don'Ângela, sem parar de bater.
— O QUÊ? EU? — Frederico berrava de raiva e para se fazer ouvir.
— Seu colega de quarto me avisou. Disse q'era trauma seu de infância. Se num acordava de repente com barulho de panela, ficava de mau humor o dia todo. Meio esquisito esse trauma, não?... Mas nós aqui fazemos o que o hóspede quer — don'Ângela gritava orgulhosa. — Valha-me Deus! — assustou-se ao olhar o chão. — Q'imundice! Tem resto de pão por tudo q'é canto — voltou um minuto depois com uma vassoura. Começou a limpar o quarto com Frederico ainda em estado de choque.

Na praia, Frederico tirou a camisa e jogou-se no mar. Partiu feito um torpedo em direção a Barril, que começou a nadar de encontro. Mal se aproximaram e Barril já desceu a mão. Lascou um soco, mas só acertou a água. Frederico deu um golpe de caratê, o mar retardou o movimento e o chute nem tocou seu rival. Depois foram tabefes, bofetadas, pontapés e puxão de cabelo. Carol e Beto tentavam se aproximar para acabar com o arranca-rabo. Guga, que, após muitas tentativas, conseguira pegar uma onda, vinha deslizando e sorrindo sobre a prancha. Quando viu a briga à sua frente, teve que desviar e se espatifou na água.

A mesma onda que carregava Guga levou todo mundo para a praia. Frederico e Barril rolaram sobre a areia e Filó latiu alarmada. Beto e Carol gritavam para que parassem, mas Guga foi incisivo:

— Deixem que se acabem. Por causa desses dois imbecis, perdi uma onda maneira — furioso, apanhou a prancha e voltou para o mar.

— PAREM COM ISSO! — gritou seu Valdo, que veio correndo e separou os dois. Olhou os garotos de cima a baixo para saber se estavam bem. — Vocês estão malucos?

— Foi ele que começou! — Barril parecia um croquete empanado, tinha areia pelo corpo todo e olhava o adversário com furor. Frederico fazia o mesmo; não desviou o contato visual nem quando deu uma cuspida que continha mais areia que saliva.

— Se essa melancia não sair do meu quarto, processo sua pousada — bradou ele.

— O QUARTO É MEU! Cheguei lá primeiro, esnobe metido a besta!

Seu Valdo pediu calma.

— Eu pago o dobro — disse Frederico.

— E eu vou jogar suas malas pela janela.

— Você deveria dormir num chiqueiro... — fez uma pausa e concluiu: — Ah... Por mim pode continuar com o quarto. Aquela espelunca. Meu pai chega hoje e vamos para um iate de luxo.

Seu Valdo olhou o garoto com certo pesar:

— Frederico, sinto muito. Seu pai acabou de ligar na pousada... Parece que está muito ocupado, disse que não poderá vir hoje. Ele telefona de novo para avisar quando

Depois foram tabefes, bofetadas, pontapés e puxão de cabelo.

chega — o velho viu o desapontamento invadir Frederico e procurou mudar rápido o assunto. — Escutem, meninos. Pra que brigar? É feriado, olhem que dia lindo. Por que vocês não aproveitam a ilha juntos? Sem brigas. Vão ver os corais, nadar, sur... — apontou na direção de Guga, mas se arrependeu; o que se via era prancha pra um lado e Guga levando tombo do outro. — ... Bom, desfrutar as ondas... se divertir. Olhem, vou marcar um passeio amanhã pra vocês. O Dimas faz caminhadas até o Forte. O que acham?

Frederico e Barril estavam muito ocupados emitindo raios de ódio para ouvir os conselhos do velho. Mas os socos haviam cessado e isso já deixara seu Valdo satisfeito.

— Bem, não briguem mais — disse ele se afastando de costas.

Quando seu Valdo já ia longe, Beto aproximou-se de Frederico e comentou:

— Nossa! Você nada superbem.

Barril fez uma careta:

— Vai ficar do lado dele, é, Beto? Traidor! Vira-casaca!

— Não tô do lado de ninguém. Nadar bem não tem nada a ver com a briga.

— Tive aulas com o Ricardo Correia — gabou-se Frederico.

— O quê? O campeão nacional de nado livre? — Carol surpreendeu-se.

— O próprio — respondeu, enquanto Barril revirava os olhos. — Ia em casa duas vezes por semana.

— Uau! Que legal — Carol e Beto admiraram-se. Mas para Barril aquela conversa estava dando nos nervos. E, quando Frederico começou a explicar a temperatura ideal da água para competições, ele explodiu:

— Então, vamos ver quem é mais rápido, só eu e você. Até ali, nas rochas. Como é, topa?

— Barril, você enlouqueceu? Ele nada superbem — cochichou-lhe Carol.

— Você não tem chance — murmurou Beto por entre os dentes, tentando disfarçar o que dizia.

Mas o garoto estava irredutível. O que Beto e Carol não sabiam era que Barril tinha um trunfo. Havia acertado o ombro do rival em cheio durante a briga e contara com essa vantagem ao fazer o desafio. Ele vira Frederico apertando o ombro e com cara de dor. O esnobe não teria opção: ou aceitava a disputa e perdia ou recusava, alegando "ombro dolorido". O que, naturalmente, soaria como desculpa acovardada.

— Claro que topo — disse Frederico. — Se prepare pra comer poeira, ou melhor, engolir água.

— Então... JÁ!

Barril se atirou na água e nadou como nunca fizera na vida. Bateu braços e pernas o mais rápido que pôde. Em cada movimento, havia sede de deixar o prepotente pra trás, sede de vencer. Só mais umas braçadas. "Devo estar chegando", sentia a vitória já próxima. "Mais um pouquinho. Alguns metros e já posso retirar a cabeça d'água, começar a comemorar meu triunfo, ver o chato lá trás reclamando da dor."

Barril levantou o rosto mas não viu as rochas. Voltou-se e também não viu Frederico. Só Beto e Carol na praia apontando para a esquerda. Então, escutou um grito:

— BARRIIIL, sai da fren... — era Guga, se espatifou na água; perdera a segunda onda em que conseguia se equilibrar.

"Cadê as pedras? O banco de corais?" — atordoado e sem ligar para os xingamentos que Guga esganiçava, Barril olhou ao redor. Então, viu Frederico; ele acenava da linha de chegada com cara de quem já estava lá havia anos.

Barril nadara bem, mas na direção errada.

— Eu avisei que você não ia conseguir — disse Beto, quando o amigo voltou à margem.

— Nadei mais rápido que ele — Barril falou ofegante.
— Tenho certeza! Foi só um problema de orientação. Na próxima ele não ganha.
— Por mim, tudo bem — Frederico saía da água com ar superior. — Podemos competir quantas vezes você quiser.
— NÃO! — fuzilou Guga. — Se algum de vocês atrapalhar de novo meu surfe... vai engolir a prancha de atravessado.
— Bom, agora que já está provado quem é o melhor — disse Frederico —, será que posso emprestar a máscara de mergulho uns minutinhos? Quero dar uma olhada naqueles corais... Não que isso me interesse muito. É só pra... Bom, vocês sabem...

Carol lhe passou o equipamento. Frederico voltou para a água sem confessar que achara o mundo submarino encantador. Retornou só meia hora depois.

— Para quem não se interessa por corais, você demorou bastante, não? — falou Barril, cheio de sarcasmo. Frederico devolveu o equipamento e não deu bola para o comentário.

— O *snorkel* foi desnecessário. Posso prender a respiração por...

— AH É!? — gritou Barril. — Então, veremos quem aguenta mais tempo debaixo d'água.

— Parem vocês dois com essa tolice — Carol foi imperativa. — Eu não vou fazer respiração boca a boca em ninguém.

Foi então que o rosto de Barril se iluminou. Tivera uma ideia infalível, sabia no que podia vencer o metido:

— Vamos ver quem é o melhor no futebol — correu para buscar a bola que deixara sob um coqueiro. Apanhou uma lata de refrigerante numa lixeira e a camisa de seda de Frederico. Jogou-as na areia a quatro metros de distância uma da outra. — Essas são as traves. Aqui é a linha do pênalti — fez uma marca com o pé a umas onze passadas do gol. — Você tem direito a dez chutes; se fizer mais de cinco gols, ganhou; se eu defender mais de cinco, ganhei; se der empate, ganhei também — enfiou com força a bola no estômago de Frederico e foi para o meio das "traves".

— Como assim, se der empate você ganha? — resmungou o desafiado.

— Claro! Defender pênalti é muito mais difícil que fazer gol de pênalti.

Frederico não pareceu convencido com aquele argumento, mas pôs a bola sobre a marca e se preparou para o chute. Mirou não nos cantos, mas no goleiro. Queria acertá-lo em cheio, carimbar pra valer. Pouco se importava em fazer gol, seria a vingança pelo ombro dolorido. Barril vergou as costas e abriu os braços à espera do arremesso. "Esse chute não passa, seu boçal engomado."

Frederico apertou os lábios, correu para a bola e encheu o pé. Foi como um tiro de canhão cruzando o ar.

CRECHHH — um estilhaçar de cacos de vidro. A bola atingiu em cheio a mochila de Beto que estava embaixo do coqueiro.

— Nossa, que pontaria! — Barril desatou a rir.

— Meus vidros de coleta! — gritou Beto. Correu para junto da mochila e abriu-a com cuidado. Não sobrara um inteiro. — DEBILOIDE! EU QUE USO ÓCULOS E VOCÊ QUE NÃO ENXERGA?! IDIOTA! — Beto, que momentos antes achara a ira de Barril uma criancice boba, estava querendo degolar Frederico.

— Não se preocupe, eu posso pagar.

— É, PODE! — falou Beto, mordaz. — Mas por aqui não tem quem venda vidros vazios, e preciso deles agora.

— Quem mandou deixar a mochila perto do gol? — Frederico resmungou um pouco sem graça.

— O QUÊ? Olha onde você tinha que chutar! — indignado, Beto apontou as marcas de trave. Estavam a uns dez metros de distância.

— Um monte de vidro velho — desdenhou Frederico. — E daí que quebrou? O que você ia fazer com isso?

— Boa pergunta — falou uma voz atrás de Beto. O rapaz com cabelo em rabo de cavalo se aproximava. — O que você pretendia com esses cacos?

— HÁ UM MINUTO NÃO ERAM CACOS... — Beto respondeu furioso. Como se o rapaz também tivesse culpa no incidente. — E eu ia coletar insetos raros, plantas...

O moço olhou o estrago dentro da mochila do garoto e pensou um instante antes de dizer:

— Se tiver vontade, pode vir comigo à Estação de Pesquisa. Tenho uns vidros de coleta sobrando. Quer?

A zanga de Beto dissipou-se no ar. O menino abriu um sorriso e seus olhos cintilaram por trás dos óculos. Não pensou duas vezes, fechou a mochila rapidamente e saiu ao encalço do rapaz, que, antes de se afastar, franziu a testa num olhar reprovador à latinha de refrigerante jogada na areia.

— Calma! — apressou-se Barril em explicar. — É só pra marcar o gol. Depois devolvo pra lixeira.

Guga, então, largou a prancha na areia e aproximou-se de Frederico:

— Não se preocupe, cara. Eu vou mostrar pra você como é que se joga futebol.

— Vixi, Frederico!... — comentou Carol, já sentada sob o coqueiro e abrindo o *A Ilha do Tesouro*; aquela coisa de bate-bola a deixava entediada. — É melhor ser autodidata.

Guga não sabia o que aquilo significava, mas pelo teor de deboche percebeu que não ganhara um elogio. Respondeu se gabando.

— No jogo passado eu fiz um gol.

— É!... Contra! — lembrou a menina.

— O Barril é que tava distraído.

— Lógico! Como ia imaginar que alguém do próprio time mandaria a bola pra dentro do gol?

— Não ligue pra ela, Frederico. Fica lendo durante as partidas e depois não sabe o que aconteceu nos lances — resmungou Guga, quando uma senhora rechonchuda passava ao longe carregando uma caixa de isopor.

— OLHA O SALGADINHO! OLHA O PASTEL DE CAMARÃO! Fresquim, fresquim...

Barril ficou de goleiro, enquanto Guga e Frederico jogavam um contra um. "Jogavam" era exagero. Davam um show de gafes: chutaram a areia, a canela do outro, a própria canela e o ar. A bola lhes escapulia por entre as pernas e, quando a acertavam, o chute era lamentável. Frederico ainda conseguiu fazer uma finta ou outra, mas estava difícil sair um lance perigoso. Barril, que no início ficara alerta, esperou... e esperou. Depois, baixou a guarda de goleiro, cruzou os braços, sentou na areia, bocejou e observou as ondas.

Enquanto isso, no livro de Carol, Sir Trelawney comprara o Hispaniola, a embarcação que os levaria à ilha onde o Pirata Flint esconderá o tesouro. A menina estava entretida na narrativa, mas levantou o olhar ao ouvir Guga esbravejando:

— BARRIL, assim não dá! Isso aqui não é jogo sério. Onde já se viu sair do gol pra ir comprar coxinha?

O garoto, que voltava com o salgado na mão, retrucou:

— Ah é? Então diz aí, quantos gols vocês fizeram enquanto estive fora?

Guga hesitou. Então, deu uma resposta curta e esclarecedora.

— Tsk, ah... Eu vou surfar! — ofendido, apanhou a prancha e entrou no mar.

Barril abocanhou o último pedaço do salgado, a coxinha havia melhorado seu humor:

— Escuta, Frederico, que esporte você pratica, hein?

— Não gosto desses jogos coletivos, gosto de golfe.

— Golfe? — Barril fez uma careta —, que troço mais sem graça... Futebol — seus olhos brilharam —, isso sim é esporte. E sabe, Frédi, você até que não é tão ruim de bola.

Barril nem se deu conta de que dilacerou o nome do garoto. Ignorou o "rico", a parte importuna dele.

— Você tem um gingado bom — continuou Barril. — Não é como o Guga, ele é perna de pau nato. Você, treinando um pouco, pode melhorar. Se quiser, te ensino uns truques.

Frederico, ou Frédi, ficou surpreso. Estava acostumado a receber elogios, mas vinham de gente interessada no dinheiro e poder da família. O que acabara de ouvir era diferente. A cara redonda de Barril era sincera e sem segundas intenções. Frédi abriu um leve sorriso, o primeiro desde que chegara à ilha.

— Tá certo. Vamos ver que truques são esses... E depois posso te ensinar sobre lutas. Você tem muito que aprender.

— Imagina! Acertei seu ombro em cheio.

— Foi pura sorte.

E as horas seguintes seriam para Frédi algo singular. Pela primeira vez na vida deixou a coroa de lado e tornou-se um plebeu. Levou bolada, caldo e xingo... Ninguém o tratou com cerimônias e, para sua surpresa, isso não o aborreceu. Barril ensinou os truques futebolísticos, Frédi aprendeu e gostou deles. Comeu com os garotos que lhe pagaram o almoço, pois os cartões de crédito continuavam sem valor. Frédi teve momentos alegres e verdadeiros. Até a dor no ombro desapareceu.

* * *

No final da tarde, seu Peixoto e seu Ademar retornaram da pescaria. O primeiro estava sorridente, fisgara mais de uma dúzia dos bem criados. Já seu Ademar só pegara dois micropeixes, quase do mesmo tamanho dos que usavam como isca.

— Ânimo — consolou Peixoto —, amanhã você enche o cesto. Vou falar com Félix. Quem sabe ele nos leva mais para o alto-mar. Vamos! — e se juntaram ao bate-bola dos garotos.

Carol se afastou do grupo à procura de conchas. Com seu livro debaixo do braço, caminhou pela orla até um ponto onde não havia banhistas. A praia era só dela quando achou dois caracóis, lindos e grandes. Levou um deles ao ouvido. "Barulho do mar", pensou. "Beto deve ter uma explicação científica para isso. Melhor nem lhe perguntar, acabará com o romantismo." Pôs o segundo caracol junto da outra orelha: "Legal! O mar em estéreo".

A menina agachou-se e, com um graveto, rabiscou seu nome na areia molhada. Ainda estava na perna do "l" quando uma onda apagou tudo. Começou de novo. "Uma frase em inglês, antes que a onda venha: *Carol was here. What a wonderful island...*"

E de repente, uma sombra encobriu o *"island"*, a garota virou-se. O pôr do sol lhe cegou e só pôde ver uma silhueta. Levantou-se rápido e seu coração disparou. A menos de dois metros, observando-a com assombro, estava Ciro Torto. Tinha os olhos esbugalhados: o esquerdo, branco e cego; o direito, opaco e sem vida. Ciro Torto estendeu o braço na direção da menina e disse com rouquidão:

— Você....

Carol sentiu os joelhos bambearem e quis gritar, mas a voz não saiu. Teve pavor daquela coisa à sua frente. Procurou controlar as pernas e conseguiu dar um passo atrás.

— Você — repetiu Ciro Torto se aproximando —, você conhece a língua do dragão!

Carolina largou o graveto, os caracóis e correu. Na afobação acabou deixando cair também *A Ilha do Tesouro*. Não parou para pegá-lo e nem olhou para trás. Apenas correu, o mais que pôde. Após um minuto — que lhe pareceu uma infinidade —, a garota chegou à pousada. Estava sem fôlego e sentia o corpo tremer.

Seu Peixoto, sorridente, veio ao seu encontro.

— Nossa, menina, a gente bate bola e você é que se cansa — e conduziu-a pela varanda da MaréBoa. — Vamos nos arrumar para o jantar. Vou pedir no Restaurante da Dita para prepararem os peixes que peguei. A propósito, você gosta de tainha?

Carol não respondeu, olhou a praia por cima do ombro antes de entrarem. Ciro Torto desaparecera, só havia o mar e o grito de uma gaivota no horizonte.

8 A PRAIA DO OVO

— O nome dele é Glauco — contou Beto durante o jantar. O garoto estava eufórico. — É biólogo e trabalha na Estação de Pesquisa. Cuida das tartarugas que desovam na ilha, lá na Praia do Ovo. A Estação é demais, vi umas algas no microscópio, um camarão gigante no formol. E ele me deu uns vidros de coleta — lançou um olhar para Frédi, que estava jantando novamente com o grupo.

— Camarão? O bom deles é comê-los — disse Barril, observando um na ponta de seu garfo e, em seguida, enfiando-o na boca.

— Ele vai chegar daqui a pouco — continuou Beto, mastigando rápido para apressar o final do jantar. — A gente pode ir, não é, seu Ademar!?

O pai de Guga hesitou um instante, mas vendo uma súplica no rosto do menino respondeu:

— ... Está bem, podem. Mas antes, coma devagar.

O biólogo se oferecera para levar Beto e seus amigos a uma visita noturna à Praia do Ovo. Beto topou imediatamente, falou por si e pelos outros, até por Frédi. Disse que estariam prontos esperando no Restaurante da Dita.

Quando terminaram de comer, seu Ademar perguntou se haviam gostado do jantar.

— Melaço beleza, xará! Mó onda esse rango! — respondeu o filho.

— Acho que ele está querendo dizer "a comida estava ótima" — explicou Carol, percebendo a cara interrogativa do pai do garoto. — É surfinhês.

E Glauco veio buscá-los como combinado. Seu Ademar simpatizou com o rapaz e lhe pediu para que não retornasse muito tarde. Minutos depois, o ecologista levava os garotos ao ancoradouro onde havia uma pequena lancha que pertencia à Estação de Pesquisa. Iriam por mar à Praia do Ovo.

— Se alguém tem problema de enjoo, eu sugiro umas bolachas de água e sal. Ajuda! — Glauco passou o pacote para o grupo. E quem aceitou imediatamente não foi Barril, mas sim Guga, que deu um sorriso amarelo:

— Não que eu enjoe. É que não comi muito no jantar.

A lancha partiu e começou a costear a ilha. Seguiram até o final da Praia da Vila. Depois atravessaram a Praia Longa, a mais extensa do lugar, a Praia do Tronco e, finalmente, uns rochedos. Então, Glauco apontou.

— É ali.

A Praia do Ovo dava para o alto-mar; era isolada por pedras em ambos os extremos. Tinha alguns coqueiros e rochas salpicando a areia. E, ao fundo, uns oitenta metros de penhasco, que subia íngreme, quase vertical.

Glauco desligou o motor e deixou a lancha deslizar em direção à praia. Lançou uma âncora e saltou para a água, que lhe bateu nos joelhos.

— Vamos! — disse apanhando lanterna, uma pasta e caneta.

Todos obedeceram. Guga foi o que desembarcou mais rápido, a bolacha de água e sal ajudara, mas não queria abusar da sorte nem do estômago. Os garotos marcharam até a areia e foi ali que viram pela primeira vez na vida uma tartaruga marinha.

— Olha só! Ela parece um fusca — gritou Barril.

— Essa é a maior que aparece por aqui — explicou Glauco.

— Quantos anos ela tem? — perguntou Beto.

— Difícil dizer — respondeu o biólogo. — Mas acho que se somarmos nossas idades não dá nem a metade do que ela já viveu.

A tartaruga voltou levemente a cabeça, como se percebesse que falavam dela. Os garotos se aproximaram e puseram a mão sobre seu casco, era como uma rocha viva. O réptil recolheu um pouco o pescoço na armadura, mas não parecia estar com medo. Continuou seu caminho em direção ao mar e Glauco a seguiu com o feixe de luz. Viram quando o animal ganhou a água e nadou com agilidade e elegância; dominava o oceano, parecia conhecer seus segredos. Nem Frédi, com suas aulas de natação, teria feito melhor.

— Esta temporada está sendo ótima — continuou Glauco, quando a "tartaruga-fusca" já sumia. — Contei cinco ninhos a mais, cada um com uns cem ovos.

— Tudo isso? — surpreendeu-se Frédi.

— É. Mas muitas são comidas logo após o nascimento, ainda antes de chegarem à água. Caranguejos, gaivotas, ficam na espreita. Quando os ovos eclodem, procuro dar uma ajudinha, levo os filhotes em segurança até o mar.

— Será que podemos fazer isso também? — indagou Beto em excitação.

— Claro, se estiverem por aqui na hora do nascimento. E as que sobreviverem voltarão à ilha daqui a alguns anos, retornam para desovar. Até hoje, não sabemos como acham o caminho de volta — falou o biólogo, que começava a fazer umas anotações e que assumira um ar de seriedade profissional.

— Legal essas tartarugas, legal essa ilha — exclamou Carol.

— É, a fauna é extraordinária — disse Glauco. — Aqui há um pássaro que não tem em nenhum outro lugar do mundo, o *Apportare felicitas*. Mas só existem alguns exemplares, está em extinção. Uma vez, vi um deles bem de longe com o binóculo.

— Seria uma pena ele ser extinto. Não há como evitar isso? — questionou Beto.

Glauco olhou os garotos como quem os avalia. Então, retirou uma folha de papel pautada do meio de sua pasta. Algumas linhas já estavam preenchidas, cada uma com caligrafia diferente.

— Isso é um abaixo-assinado que pode ajudar a salvar as tartarugas, o *Apportare felicitas* e tudo por aqui. Se quiserem participar...

Carol pegou a caneta e assinou seu nome sem titubear. Os meninos fizeram o mesmo e Beto veio devolver a folha ao ecologista.

— Quando voltarmos pra casa, podemos passar uma lista pela escola. Depois mandamos pra você.

— Ótimo — respondeu Glauco satisfeito. — Quanto mais assinaturas, melhor — tomou o papel de volta e lançou um rápido olhar sobre ele. Então, de súbito, o biólogo estarreceu, um furor tomou-lhe o rosto. — O QUÊ? — o grito assustou a todos. As pupilas de Glauco pareciam apunhalar o papel. — FREDERICO DE ALCÂNTARA DORNELLES TERCEIRO?

Houve um instante de silêncio e Frédi ficou vacilante.

— ...Sou eu... — O que haveria de errado com seu nome?

— Então você é filho dele! Do Dornelles, o "Dor neles" — trovejou Glauco. — Aquele empresário sem escrúpulos, destruidor da natureza. Bem que devia ter notado a semelhança entre vocês. Eu o vi quando meu grupo fez protesto em frente à firma dele.

Frédi ameaçou abrir a boca.

— Não tente defendê-lo — a irritação de Glauco só fazia aumentar. — Não mudarei minha opinião só porque é seu pai. Sua família não tem o mínimo respeito pela natureza, a começar por seu avô.

— Mas eu nem o conheci...

— Sorte sua. Ele que começou com essas construções desenfreadas. Não podia ver uma área verde, umas arvorezinhas sobrando... Pronto. Já destruía tudo e fazia logo um prédio ou hotel de luxo. E agora, seu pai, que está me saindo ainda pior. Vocês sabem quais são os planos dele? — Glauco disse furioso, voltando-se para Carol, Beto, Guga e Barril. — Comprar a Ilha do Dragão! Já está negociando, vai desapropriar os pescadores, a Estação de Pesquisa, tudo. Quer derrubar a mata e construir um hotel de luxo lá no alto, com lago artificial, campo de golfe, cassino, essa besteira toda. Vai acabar com a fauna e a flora, para que meia dúzia de grã-finos possa jogar golfe no meio do oceano — o rosto de Glauco estava vermelho de raiva. — Mas podem ter certeza, se depender de mim, essa catástrofe não acontecerá. O abaixo-assinado é exatamente pra isso... ou melhor, contra isso. E irei também aos jornais denunciar. Vou falar com os pescadores, faremos passeatas.

Incrédulos, Carol, Beto, Guga e Barril fitavam o menino rico.

— Frédi, isso é verdade? — perguntou Beto.

— Não é bem assim... — Frédi arriscou inseguro. — Queremos construir um hotel, admito! Mas não vamos matar as tartarugas. Elas podem continuar aí. O Apo... Aporo sei lá, esse pássaro, também. Vai ser um hotel cheio de verde.

— É! Verde-campo-de-golfe — devolveu Glauco. — Você acha que vai sobrar algum *Apportare felicitas* depois que a mata for destruída? Ou alguma tartaruga na hora que a praia se encher de riquinhos com *jet-ski*?

— Mas...

— Menino, o que você está fazendo por aqui? — bradou Glauco cheio de rancor. — Foi seu pai quem o mandou para sondar a ilha? Ou para já escolher onde vão ancorar o iate? E por que diabos você assinou esse papel? Está querendo gozar com a minha cara, é? E vocês — Glauco olhou para os outros — deveriam escolher melhor os seus amigos.

Frédi viu olhares desapontados e de censura a sua volta. Sentiu um aperto no peito. Normalmente, não fazia questão de companhias alheias. Mas agora, por algum motivo que ainda desconhecia, ele se entristeceu. Não queria perder a amizade daqueles quatro.

— Vamos embora — disse Glauco secamente. — O passeio acabou.

Todo mundo entrou na lancha com cara de velório. No caminho de volta, só se ouviu o ronco barulhento do motor. Barril, numa tentativa de amenizar a tensão, começou a contar da especialidade que ele e Frédi haviam comido no jantar.

— Filé de vaca ao molho de camarão. Você tem que experimentar, Glauco. Frédi e eu adoramos, não é? — disse Barril entre sorrisos. O menino rico, sentado ao seu lado, assentiu avidamente.

"Nada como dicas culinárias para descontrair uma conversa", pensaram os dois.

Mas Glauco franziu a testa ainda mais. Apontou com os olhos sua pasta de trabalho sobre o painel da lancha. Colado nela, Barril e Frédi viram o enorme adesivo: CHEGA DE CHACINA, SEJA VEGETARIANO.

Frédi contorceu os lábios e lançou a Barril um olhar que dizia "você e sua boca!". Desconcertado e com risadinha amarela, Barril tentou salvar o que já era caso perdido:

— ... De acompanhamento tinha salada de alface, sabe?... HUUUM, UMA DELÍCIA! — disse teatral.

Os garotos desembarcaram no ancoradouro, mas Glauco continuou na lancha ainda com o motor ligado. Encarou Frédi e disse apertando os olhos:

— Minha vontade era dar uma lição em sua família... Sei lá, tirar de seu pai alguma coisa valiosa e exigir, em troca, que ele deixasse a ilha em paz. Mostrar aos Dornelles que eles não são os donos do mundo — e sem dizer adeus, manobrou a lancha e partiu.

* * *

— Como seu pai pode fazer uma coisa dessas? — falou Beto no caminho para a pousada.

— Mas não vai ser tão ruim. — Frédi parecia embaraçado em seus argumentos. — Pensem bem, um cinco estrelas. Os pescadores não precisam ir embora... Podem se empregar no hotel, trabalhar com uma coisa mais sofisticada e sair dessa vida infeliz — apontou a fogueira. E ela estava rodeada de nativos cantando alegres, debaixo de um céu abarrotado de estrelas.

9 *RUMO AO FORTE*

Frédi desceu para o café da manhã com os ombros caídos, parecia ter encolhido alguns centímetros; o cabelo estava sem gel e em desalinho. Sentou-se à mesa ao lado de Barril, que o cumprimentou amistosamente, mas com traços de decepção na voz. Guga e Carol disseram só um "oi" rápido e Beto fez uma carranca; recusava-se a falar com Frédi, esticou o braço o máximo que pôde só para não precisar lhe pedir a manteiga. Peixoto e Ademar, que não estavam a par dos desentendimentos, conversavam normalmente com o garoto.

— Está gostando da ilha? — perguntou seu Ademar.

— Tô — respondeu Frédi, sem vontade.

— Então, que cara é essa? — disse seu Peixoto. — A caminhada até o Forte é ótima, fiz no ano passado. Cansativa, mas muito boa. A vista é linda, vocês vão gostar. Quem sabe até veem nosso barco lá do alto — e serviu-se de mamão. À sua frente havia uma tigela abarrotada com frutas frescas e suculentas.

— Só espero que hoje o mar esteja pra peixe — falou Ademar, quando um casal de turistas chegava no balcão. Seu Valdo começou a lhes explicar, em alemão, onde alugar um barco.

— "O senhor falar alemaao muito bom" — o estrangeiro parecia impressionado.

— Obrigado — seu Valdo corou e sorriu sem graça, enquanto mestre Dimas entrava na sala com chapelão de palha na cabeça.

— Eles também vão? — apontou o casal.

— Não, hoje farão passeio de barco — esclareceu seu Valdo. — Mas há um grupo grande que irá ao Forte — mostrou a mesa onde Beto se esticava para pegar o suco. — Tem também o pessoal que chegou ontem à noite, uma turma dos Bangalôs do Ramiro e dois casais da Pousada Caracol. Alguns já estão lá fora esperando.

— Avisou pr'eles levar um lanchinho? — perguntou mestre Dimas e seu Valdo assentiu.

Ademar e Peixoto se despediram e deixaram a pousada carregados com o equipamento de pesca. Don'Ângela se aproximou da mesa para tirar os pratos e falou aos garotos:

— Cês vão gostar do passeio d'oje. A vista do Forte é uma boniteza. Num é, Dimas? — o marido concordou com a cabeça. — Se cês der sorte, até encontram um Angaturama.
— O que é isso? — perguntou Guga.
— Um pássaro.
— É o nome popular do *Apportare felicitas* — Beto aumentou a voz como se quisesse que a pousada toda escutasse. — O que está ameaçado de extinção. Que desaparecerá para sempre graças a certas pessoas, sabe? Será mesmo uma sorte ver um, Guga. Pode ser o último a existir no planeta.
— O Angaturama tem um canto sagrado — contou don'Ângela. — É uma ave linda que traz alegria. Diz a lenda q'aquele qu'encostar num Angaturama transformará sua vida pra melhor, terá felicidade.
— Nossa! Mesmo? — Carol se animou. — Quero tocar num.
— Não se iluda, menina — disse mestre Dimas. — É muito difícil ver um Angaturama. Inda mais encostar nele. Nunca ninguém conseguiu.
— O compadre Aníbal tocou — contestou don'Ângela.
— Conversa fiada, mulher. O q'ele tocou foi um filhote de arara. Você sabe que quando ele bebe fica imaginando coisas.
— Mas ele jura que foi um Angaturama.
— Ah é? 'Tão cadê a vida transformada pra melhor? Continua bebendo, caído pela praia, resmungando da dor nas costas e o botequim vai de mal a pior. — Aquele argumento convenceu don'Ângela. Preferia acreditar que o compadre confundira as aves a pôr a crença em dúvida.

* * *

Mestre Dimas reuniu o grupo em frente à MaréBoa. Eram dezenove turistas ansiosos para descobrir a beleza da mata. Cada um com sua mochila, levando bebida e comida, pois o retorno estava previsto só para o final da tarde. O nativo explicou que existiam atalhos para o Forte. Quem os conhecia chegava lá rapidamente, subindo os morros quase em linha reta. Mas hoje o grupo seguiria outra trilha, uma mais demorada, que contornava as colinas em espiral. Assim, apreciariam os quatro cantos da ilha.

— Vamos andando em fila. E não fiquem muito p'atrás pra ninguém se perder — mestre Dimas pôs-se a caminho.

A vista para o mar sumia entre as árvores e, quando reaparecia, arrancava elogios e "AAAHs" dos turistas. A beleza do lugar compensava todo o esforço da subida. Mestre Dimas fazia breves pausas para contar curiosidades.

— Essa aqui é milagrosa — mostrou uma planta, esfregando sua folha entre os dedos. — Chá dela levanta até defunto. Uns anos atrás, o prefeito de Vista Azul veio buscar uma muda. O filho do homem tava desenganado, os médicos davam seis meses de vida. Pois num é q'a danada salvou o moleque! Aquela outra ali — mostrou um arbusto — é boa pra pancada, torção... Machucou, a bicha cura q'é uma beleza, no dia seguinte num tem mais nada. E pra matar a sede... é fresquinha! — apontou um fio d'água brotando de uma rocha.

Para quem pensava que a ilha era só praia e mar, o passeio foi uma surpresa atrás da outra. A mata era exuberante. Árvores centenárias, troncos com um metro de diâmetro, flores de cores e odores pitorescos e até uma cachoeira surgiu, de repente, entre a folhagem.

Só ao meio-dia foi que o nativo anunciou a pausa para o lanche. Haviam chegado a um planalto de vegetação rasteira, de onde se tinha uma linda vista. Uma jovem turista estava deslumbrada com o lugar.

— Ma-nei-rééé-zi-mo! — silabou ela em voz alta. — Olha esse cééuu, o mar — ofereceu o rosto à brisa. — E esse vento! Ótimo para windsurfe. Ano que vem, trago meu wind.

Guga, como uma antena guiada, voltou-se para ela assim que ouviu o "surfe". A moça usava um fio de tererê no cabelo, short desbotado, óculos escuros pelo meio do nariz e tinha um colibri tatuado na canela.

— Você também surfa? — disse Guga meio tímido e abrindo o sorriso metálico.

Beto e Barril se seguraram para não rir do "também".

— Pegar onda é dez. Mas essa ilha tá melhor pra windsurfe — explicou a moça. — Olha o vento que vem do mar. É mamão com mel!

— É isso aí, meu! Aqui não dá pra surfar direito — Guga fez ar de quem estava por dentro do assunto.

— Já deu pra perceber — ironizou Carol, sentando-se numa pedra próxima com seu lanche.

— Windsurfe também é massa. Você já experimentou? — perguntou a jovem enquanto abria a mochila e pegava um sanduíche de pão integral.

— Minha tribo é mais o surfe — Guga tentou dar naturalidade à frase.

Barril, que levava o cantil à boca, explodiu numa risada no meio do gole. Espirrou um jato de suco e molhou todo mundo à sua frente, "Minha tribo é mais o surfe! Que piada era essa?". Até Frédi, que estava desanimado, se esforçou para não cair na gargalhada.

Mas a moça da tatuagem nem percebeu, estava absorta com o assunto que a entusiasmava. Começou a explicar para Guga as delícias do windsurfe. Ela usava um vocabulário que só os dois pareciam entender. Com frases em surfinhês falou como controlar a vela, se manter em pé sobre a prancha, trabalhar o vento a seu favor e...

— ... deslizar no mar sentindo a liberdade invadir o corpo. É melaço beleza! — foram as palavras que usou para findar a explicação.

O menino ficou tão fascinado com a aula e com a professora que se esqueceu do lanche. Segurava-o na mão, ain-

Guga ficou tão fascinado com a aula e com a professora que se esqueceu do lanche.

da intacto, quando mestre Dimas avisou que era hora de prosseguirem. Guga, então, suspendeu os calcanhares e estufou o peito; tentava parecer mais adulto, enquanto a moça punha a mochila nas costas:

— Ei! Você não é o Guga? — ela perguntou. — O garoto que tocou aquele som suprassumo na fogueira?

Guga corou, assentiu e sorriu sem graça. Em pensamento, agradeceu às irmãs Fonseca pelas aulas de música.

— Achei de-ma-is, você toca violão muito legal — disse ela. — Ah, e gostei do seu boné. Posso assinar também?

— Claro! — respondeu, ruborizado até as orelhas. Fez menção de entregá-lo à moça.

— Não precisa tirar, dá pra assinar assim — pegou uma esferográfica no bolso. Segurou o rosto do garoto pelo queixo e procurou um espaço livre entre as assinaturas.

Guga sentiu um arrepio àquele toque. Queria ter sorrido, mas foi impossível pois, naquele momento, lastimou duas coisas. A primeira: seu boné estar encardido feito um pano de chão. E a segunda, e pior delas: na última festa de família, ter deixado a tia Regina escrever nele "Guguinha, o fofurinha da titia". Estava cruzando os dedos para que a moça não lesse isso quando ela disse:

— Pronto! — e tampou a esferográfica. — Pra você lembrar sempre de mim, "fofurinha"!

"Quando voltar ao continente...", pensou Guga "... torço o pescoço da tia Regina."

— Agora, vamos indo — disse a moça. — Estou louca pra chegar ao Forte. A vista deve ser uma cur-ti-ção — e pôs-se a caminho junto com o restante do grupo.

Guga tirou o boné e leu: "Ondas boas pra você, Drica"; o "a" do Drica era uma estrela de cinco pontas. O garoto contemplava abobado a nova assinatura quando Barril aproximou-se e falou:

— Aí ô... "Fofurinha"! Se não vai comer o lanche, então me dá que eu traço.

10 *A FORTALEZA, O ANGATURAMA, O DÉJÀ-VU*

No meio da tarde o grupo chegou ao destino. O Forte ficava na ponta da montanha voltada para o alto-mar e acabava abruptamente num desfiladeiro.

— Foi construído entre 1802 e 1810 pra proteger a costa dos navios inimigos — explicou mestre Dimas, e pousou a mão na muralha que circundava um pátio de terra batida. O grupo subiu por uma escada de pedra até o alto do muro. Tinha quatro metros de largura, canhões apontados para o mar e um parapeito protetor.

O panorama era de um oceano infinito que fazia os olhos se perderem.

— Uau! Que marzão! E olhem lá embaixo — Barril debruçou-se no muro. — É a Praia do Ovo. Estivemos nela ontem — disse a mestre Dimas.

— Dá pra subir de lá pra cá? — perguntou Carol.

— Um louco subiria — respondeu o nativo, e a menina estremeceu ao olhar a encosta íngreme e hostil.

Os turistas tiraram fotos e, após dez minutos, mestre Dimas deu o aviso:

— 'Gora vamos descer pro pátio e entrar nas ruínas. Vou mostrar a sala onde dormiam os guardas, o depósito de munição, a masmorra e o poço.

Enquanto os outros seguiram o guia, Frédi continuou acotovelado no parapeito com os olhos no oceano. Um sentimento o incomodava desde a noite anterior. Não sabia defini-lo, pois era a primeira vez que se defrontava com ele. Mas era algo desagradável. Pensou no pai e sentiu sua falta, gostaria que ele estivesse ali para lhe fazer companhia. Poderiam discutir sobre a compra da ilha. O empreendimento não lhe parecia mais uma ideia tão boa.

— Frédi, você não vem? — Barril chamou por ele.

— Espero vocês aqui fora.

Barril não quis insistir, percebeu que Frédi preferia ficar só.

* * *

A masmorra era subterrânea. Precisaram descer uma escada em caracol até chegar à porta rústica. Mestre Dimas a empurrou, uma grande e sombria sala surgiu diante do grupo.

— Os prisioneiros mais perigosos ficavam acorrentados té pra dormir — disse mestre Dimas, apontando argolas de ferro que brotavam das paredes.

Dormir... miiir... miir... — respondeu um eco dentro da prisão.

— Pobre dos prisioneiros — disse uma turista.

Prisioneiros... neiros... eirooos... — revidaram as paredes.

O grupo entrou no recinto sem muito entusiasmo. O lugar era de dar calafrios. E aquele eco fazia uma singela frase parecer trilha sonora de filme de terror.

Minutos depois, quando deixaram a masmorra, Frédi já os esperava na entrada do Forte. Mestre Dimas conferiu se não faltava ninguém.

— É hora de ir. Usaremos a mesma trilha pra descer e vamos apressar o passo, minha gente, porque vem chuva por aí.

Alguns riram, acharam que mestre Dimas estivesse brincando ou enlouquecera. O dia estava lindo, céu limpo e sol brilhante. Mas o nativo parecia falar sério e os turistas tiveram que acelerar a marcha para acompanhá-lo. Todavia, não foram muito longe. Poucos metros depois, onde cresciam uns arbustos, mestre Dimas estancou repentinamente, seus olhos estavam fixos. O grupo voltou-se para o ponto observado, todos viram uma ave pousada num galho.

Era magnífica. Tinha trinta centímetros de comprimento e um colorido alegórico. A cabeça laranja, com topete, o peito azul-cintilante, dorso negro e cauda em leque vermelho-vivo. Um turista ativou a filmadora, outro quis pegar a máquina fotográfica, mas mestre Dimas murmurou:

— Num façam barulho. Silêncio! É um Angaturama — estava de queixo caído. Apesar de ter nascido na ilha, essa era a primeira vez que via o famoso animal. — É um pássaro muito raro.

Só mestre Dimas e os garotos conheciam a lenda, por isso eram os únicos que queriam tocar a ave. Mas tiveram receio de chegar perto e espantá-la, ninguém se moveu durante um minuto.

E foi Barril quem teve a ideia. Lentamente, tirou um farelo de pão da mochila, estendeu a mão e ofereceu comida ao pássaro. O garoto foi se aproximando com cuidado, a ave o olhou curiosa. Carol, Beto, Guga e mestre Dimas seguiram Barril; Frédi e os outros turistas não saíram do lugar.

Chegavam cada vez mais perto. Um metro... cinquenta centímetros... vinte centímetros. Mal podiam esperar para tocar a plumagem. Dez centímetros, cinco, três, e...

DidiDidiDi... — uma musiquinha estridente e inesperada. Um som alheio à mata que deixou todos apreensivos, inclusive o Angaturama. O grupo fez torcida para que a ave não decolasse. Mas ela aprumou o dorso e voou; desapareceu entre as árvores. Para trás ficaram cinco mãos esticadas e caras enfurecidas com Frédi.

— Isso é hora do seu celular começar a tocar? — fuzilou Guga.

... DidiDidiDi...

— Você é um complô contra a ciência — gritou Beto, tentando mostrar que seu interesse pelo pássaro não tinha nada a ver com a crença.

— Oh, minha vida transformada! Minha viagem para a Inglaterra! — lamentava Carol com as mãos sobre o rosto e procurando a ave entre a folhagem.

... DidiDidiDi...

Constrangido, Frédi abriu a mochila rapidamente. "Droga, outro mico! Precisava dar contato bem aqui, não podia ter esperado um minutinho?", e se apressava na busca pelo aparelho.

... DidiDidiDi... DidiDidiDi...

— Agora não precisa mais correr... estragou tudo — hostilizou Guga. — O Angaturama já foi embora.

... DidiDidiDi... — lá estava o telefone, no fundo da mochila, embaixo da carteira. "Achei! Não, não é esse que tá tocando. É o outro". ... DidiDidiDi... — "Finalmente!", puxou o celular e, num relance, ainda viu o número no identificador de chamada: era a Beach and Sea, o iate encomendado já devia estar disponível. Mas, no momento, Frédi não queria barco luxuoso, queria apenas acabar com o vexame. E já ia apertar o botão de desligar, quando o inesperado aconteceu novamente.

O Angaturama ressurgiu entre a folhagem. Num voo elegante, cruzou o ar e foi perdendo altura. O pássaro desceu e pousou... Pousou no ombro de Frédi.

— ... TitiTitiTiii... TitiTitiTiii... — a ave deu dois silvos longos e modulados.

— ... DidiDidiDi... — tocou o celular.

— TitiTitiTi — respondeu o Angaturama e observou o aparelho.

O grupo estava perplexo com a cena. E Frédi ficou pasmo, corava e sorria sem graça. Fez, então, uma carícia no peito do animal, que continuou se comunicando com o telefone.

O grupo estava perplexo com a cena. E Frédi ficou pasmo...

Guga, Beto, Carol, Barril e mestre Dimas hesitaram. Mas, depois, se deram conta de que seria a melhor oportunidade para tocarem o bicho. Aproximaram-se com as mãos estendidas e já estavam pertíssimo quando... outra vez a surpresa, o aparelho parou de chamar.

O Angaturama olhou intrigado e soltou um assobio melancólico; no instante seguinte, abriu as asas e levantou voo. Todos os rostos seguiram seu trajeto até que sumisse na vegetação.

— Isso é hora do seu celular parar de tocar! — resmungou Guga.

Ruborizado, Frédi deu de ombros para mostrar que não tinha culpa.

— O Angaturama gamou no seu telefone — gracejou um turista.

— *Well* — disse Carol para consolo. — Pelo menos vimos a ave, melhor do que nada. Beto, não precisa ficar com essa cara. Nem o Glauco conseguiu chegar tão perto do Angatu...

— Não é isso, Carol — Beto respondeu perdido em pensamentos.

— Então, o que foi?

— Acho que tive um *déjà-vu*.

— Hããã? — espantou-se Barril.

— Uma manifestação do subconsciente — disse Beto. — Ilusão de lembranças, recordação aparente.

— Aaah! — Barril arqueou as sobrancelhas e fingiu entender.

— Tsk, é aquela sensação de que a mesma coisa já aconteceu antes — traduziu Beto meio impaciente. — De que se vive uma situação pela segunda vez.

— AAAH! — Barril agora havia entendido de verdade. — E o que foi que você viu no seu "desjejum"?

— Não sei explicar, foi estranho.

— Acho difícil você já ter visto um Angaturama antes! — afirmou Carol.

— Beto, não liga, não — falou Guga. — Eu vivo tendo dessas coisas. Vejo o Barril comendo e penso "mas acabei de ver essa cena há cinco minutos". E ela se repete o dia todo — e riu do próprio comentário. Beto, porém, continuou sério; estava intrigado demais para piadas.

11 PERDIDOS NA MATA

Como mestre Dimas havia previsto, umas nuvens negras começaram a encher o céu e todo mundo apressou o passo.

— O que é essa mancha na sua mochila? — perguntou Barril, que seguia em fila logo atrás de Carol.

A menina retirou uma alça do ombro e puxou a bolsa para frente:

— Droga! Meu chocolate derreteu.

— Isso é que dá ficar enrolando para comer — zombou Barril.

Carol agachou-se e abriu a mochila, viu o caldo marrom escapando pela embalagem.

— Que meleca! — resmungou, enquanto o grupo passava por ela. Com a ponta dos dedos pegou o que sobrara do chocolate. Ia atirá-lo longe quando Barril se indignou.

— O que você está fazendo?

— Esse chocolate vai sujar tudo dentro da mochila.

— Odeio desperdício de comida, dá aqui que eu como. Além do mais, se o Glauco souber que você jogou isso pela ilha, ele tem um troço — Barril abriu o invólucro. Passou a língua pelo papel laminado até que ficasse brilhando de tão limpo. — Pronto! — embolou a embalagem e jogou-a na mochila de Carol como quem encesta uma bola de basquete.

A menina não sabia se agradecia ou lastimava.

— De nada! — disse Barril, ofendido com o "obrigada" que não veio. — Vamos! — mas deu dois passos e estancou. Olhou para a direita e, depois, rapidamente para a esquerda. — Pra onde eles foram? — não via mais o resto do pessoal.

— Pra lá — disse Carol. — Nós viemos por aqui.

— Tem certeza?

— Claro! Vamos.

E apressaram-se, o grupo não podia estar longe. Mas cinco minutos depois a trilha se bifurcou.

— E agora? — perguntou a menina.

— Por aqui! — Barril indicou um dos caminhos.

— Como é que você sabe?

— Tenho um supersenso de direção. Além do mais, quando subimos, me lembro de ter visto aquelas florzinhas amarelas — apontou um arbusto.

— Ah é? Supersenso de direção! — ironizou Carol. — Olhe ali! — e mostrou centenas das mesmas flores ao longo da outra trilha.

No instante seguinte, os dois estavam gritando em coro:

— MESTRE DIIIMAS!... GUUUGA! BEEETO! FRÉÉÉDI! Onde estão vocês?

Não houve resposta. Inseguros, decidiram-se pela trilha da esquerda. Minutos depois, concluíram ser a errada, pois esta sumia em meio à vegetação. Voltaram e tentaram a da direita, seguiram nela por um bom tempo até que, de repente, uma trifurcação. "Maravilha!", pensaram.

Após vários caminhos em vão e em círculos, Carol resolveu subir numa árvore. Observando do alto, enxergaria o grupo ou, ao menos, a praia lá embaixo, e poderiam se orientar.

— Tá vendo alguma coisa? — gritou Barril, quando as primeiras gotas de chuva caíram e um relâmpago rasgou o céu.

— Nada. Só um monte de galhos na minha frente — respondeu Carol.

— Vai mais alto.

— Não dá.

Barril contorceu o rosto.

— Não se pode deixar menina fazer trabalho de homem — e começou a subir pelo tronco.

— Se você não tivesse inventado de comer o chocolate, não estaríamos perdidos.

— E quem é que não queria sujar a mochila? — Barril escalava a árvore decidido. Passou por Carol e continuou subindo. Foi quando ela gritou.

— BARRIL, CUIDADO, você é muito... — houve um barulho de madeira se partindo. Galho e garoto desabaram.

— ... pesado — completou Carol, acompanhando com os olhos a trajetória vertical do amigo.

O menino se espatifou no chão, a folhagem pouco amorteceu o tombo. Barril fez cara de dor e levou as mãos ao tornozelo direito. Carol desceu apressada da árvore e veio em seu socorro.

— Barril, tudo bem?

— Meu pé — gemeu ele. Sua canela parecia inchar. Barril levantou-se devagar, mal conseguia apoiar a perna no chão. — Acho que vou ter que ir ao Posto de Saúde antes do jantar.

Carol comprimiu os lábios. As dificuldades que tinham pela frente haviam se multiplicado por dez. Procurando não transparecer sua inquietação, ela disse:

— Então é melhor irmos logo. Eu ajudo você.

Carol passou o braço de Barril ao redor do pescoço. Com a mão esquerda envolveu-lhe a cintura, pôs as duas mochilas no ombro direito e começou a abrir caminho entre a vegetação densa e molhada.

– BARRIL, CUIDADO!

— Faz corpo leve — pediu Carol. Carregar Barril era mais difícil do que ela imaginara.

— Tô fazendo, tô fazendo.

E ele estava mesmo. O problema era que corpo leve para Barril ainda era peso-pesado para qualquer outro. Mas Carol não desistia, e após alguns minutos foi o garoto quem agoniou:

— Carol, nem sabemos se esse é o caminho certo.

— Esquece o caminho, Barril. Vamos indo morro abaixo, uma hora chegamos à praia. Aí, é fácil encontrar ajuda.

— Mas meu pé tá doendo muito.

— Faz uma forcinha. Pense no jantar, no peixe da dona Dita — Carol entendeu que o sofrimento de Barril devia ser grande, nem a lembrança de comida descontraiu-lhe a fisionomia.

— Talvez seja melhor você me deixar aqui e ir buscar ajuda.

— Não, Barril. Não vou fazer isso — Carol foi categórica. — Vamos! Pra baixo todo santo ajuda — disse, servindo de apoio para quase todo o peso do garoto.

Se para baixo os santos ajudavam, a mata, o medo e o peso atrapalhavam muito. Escurecera e a chuva transformou-se em tempestade; parecia que baldes d'água eram atirados lá de cima. Havia um festival de relâmpagos infestando o céu. Carol e Barril estavam encharcados; a lama atolava-lhes os pés. E, após o quarto tombo, Barril disse com voz fraca:

— Eu não consigo mais.

— Já devemos estar quase na praia — respondeu Carol num otimismo forjado.

— Vai você... Eu não posso mais — gaguejou Barril, enquanto Carol o forçava a continuar.

E foi nesse cume do desespero que a menina se estagnou; ouvira um ruído. Sintonizou rapidamente os ouvidos.

— BARRIL, tá escutando?... Barulho de onda! Estamos perto da praia, estamos salvos — disse radiante. — Só mais um pouquinho. Vamos!

Barril estava com muita dor para apurar as orelhas em busca de sons aquáticos. Mas acreditou na amiga e os dois apressaram a marcha.

Carol tinha razão. A vegetação ficou dispersa e a descida se aplanou. A terra clareava numa mistura de barro e areia. Com um pouco de sorte, estariam perto da MaréBoa ou, quem sabe, do Posto de Saúde. Carol viu uma luz, era um brilho fraco que aparecia e sumia entre a folhagem. Talvez uma vela, ou lamparina reluzindo através de uma janela... "Seria miragem", ela pensou.

Não. Era real!

— Olha lá! — a menina apontou e o garoto viu ao longe uma choupana construída de frente para o mar.

Eles se alegraram, a agonia chegara ao fim. Agilizaram os passos em direção à cabana com energias renovadas. Os metros remanescentes foram exaustivos, mas cheios de alívio. A menina usou um último fio de força para bater à porta. Segundos depois, ouviram o ruído da maçaneta, Carol e Barril sorriram. A entrada se abriu e um relâmpago iluminou a silhueta emoldurada pelo batente de madeira... Ciro Torto.

12 *PÂNICO NA CHOUPANA*

— Como cês não viram eles? — perguntou mestre Dimas. O nativo tinha o rosto aflito de preocupação, andava pela sala da MaréBoa de um lado para o outro. Guga, Beto e Frédi não sabiam explicar como os dois colegas haviam desaparecido. Só deram por sua falta quando chegavam à varanda da pousada e os primeiros pingos de chuva cruzaram o ar.

— Temos que encontrá-los o mais rápido possível — disse seu Valdo.

— Eu vou fazer uma busca — mestre Dimas voltou-se para os garotos. — Cês 'tavam junto co'eles. Digam onde viram os dois pela última vez?

Constrangidos, Guga, Beto e Frédi deram de ombros. Sentiam-se culpados.

— A menina eu inda entendo — falou don'Ângela, apreensiva. — Mas como foi q'cês conseguiram perder o gordinho de vista?

Nenhum dos três soube responder, mas a explicação era simples: Guga fez o caminho de olhos grudados em Drica e ensaiando uma maneira de se oferecer para carregar a mochila dela. Beto, no início da trilha, ficou absorto tentando decifrar seu *déjà-vu*. Depois capturou um grilo raro, não fez outra coisa senão contemplá-lo dentro do vidro de coleta. Frédi desceu a montanha com a cabeça nas nuvens. Fora à frente, num passo entusiasmado, quase saltitante; ria à toa pensando no Angaturama. "O único no mundo que tocara o bicho", dinheiro nenhum teria pago o alento que sentia.

Mestre Dimas foi à despensa, um pequeno cômodo próximo ao balcão. Voltou de lá com uma lanterna e dizendo que traria os meninos de volta o mais rápido possível. Já ganhava a saída quando Guga o interceptou:

— Tive uma ideia melhor, mestre Dimas. A Filó!
— O quê?
— Minha cadela! Ela está na varanda do fundo, junto com a arara.
— Menino, num tenho tempo pr'isso agora — resmungou o homem.

— É só a gente pegar umas roupas do Barril e da Carol. Ela cheira e acha o rastro deles.

Os três adultos entreolharam-se por um instante.

— Tá bom — disse mestre Dimas. — Vá buscar a bicha e umas roupas de seus amigos.

Dois minutos depois, Filó entrava na sala agitando a cauda. Parecia sentir que era o centro das atenções. Mestre Dimas deu-lhe palmadas no dorso.

— Boa menina, boa menina. Nós dois vamos achar os sumidos, num é?

— Nós três — corrigiu Guga. — Eu também vou.

— NÃO! Cê fica'qui com seus amigos.

— Nem se quisesse. A Filó só vai se eu estiver junto.

Mestre Dimas estava contrafeito. Hesitou por um momento, depois acabou concordando.

— Tá certo, mas...

— Se ele pode, então eu vou também — bradou Beto.

O nativo abria a boca para disparar um "não", mas Frédi o atropelou:

— E eu também. Não vou ficar pra trás vendo todo mundo sair pra ajudar.

Seu Valdo, que não esperava gestos de bravura vindos do hóspede esnobe, surpreendeu-se.

— Garotos — exclamou ele —, admiro a coragem. Mas isso não é coisa pra vocês.

Don'Ângela assentiu e desandou a falar dos perigos da mata. Ela, mestre Dimas e seu Valdo usaram uma fila de argumentos; todos foram em vão.

— Tá bom, cês vão junto — mestre Dimas resignou-se após minutos de discussão. Não queria perder mais tempo.

Filó enfiou o focinho nas duas camisetas que Guga tinha na mão. Soltou umas fungadas e suspendeu as orelhas quando o garoto falou:

— Cadê, Filó?... Procura, procura! Acha eles pra gente.

* * *

Barril e Carol se petrificaram. O tremor do frio cedeu lugar ao do medo. Aliás, nem se lembravam mais de frio, fome, chuva e dor no pé. Estavam aterrorizados e queriam fugir dali. Sem tirar os olhos do homem-monstro, deram um passo atrás; Barril se apoiando na perna boa e Carol com o braço do amigo em volta do pescoço. Mas, num movimento brusco, Ciro Torto apanhou os dois pelos ombros, os empurrou para dentro da cabana e fechou a porta.

A choupana era apenas um cômodo. Havia uma mesa no centro, onde ardia um lampião. Carol, com o rosto apavorado, amaldiçoou o objeto. Se não o tivesse visto chamuscando, não estariam agora naquela situação. Havia também uma cama simples e uma estante. Os móveis, feitos com galhos e cordas, pareciam talhados pelo próprio Ciro Torto. Junto a uma das paredes brilhava uma chama dentro de um fogão a lenha.

Aquela aberração humana lançou uns objetos ao chão e deixou livre um caixote que puxou para perto do fogão. Fez o mesmo com a única cadeira que havia na choupana e deu sinal para que sentassem. Carol e Barril se entreolharam e obedeceram, mais por medo do que por vontade. A menina sentou-se no caixote, deixou a cadeira para o amigo machucado.

Ciro Torto aproximou-se de Barril, abaixou e examinou sua perna bem de perto. O garoto sentiu um calafrio quando aquelas mãos lhe tocaram a canela. Sem dizer uma palavra, o homem desatou-lhe o cordão do calçado, deixou-o bem folgado e puxou o tênis. Barril gemeu e contorceu-se de dor. Seu pé estava um pão.

Ciro Torto apanhou alguns pedaços de madeira amontoados ao lado do fogão e jogou-os dentro do fogo. As chamas aumentaram, a menina e o garoto sentiram o frio diminuir. Mas o medo de Carol não se atenuou. Pelo contrário, à cabeça lhe veio o conto de fadas que ouvira da avó quando pequena. Como era mesmo? "A bruxa má esperava as crianças engordarem e depois as cozinhava num fogão a lenha... Eu ainda terei alguns dias de vida", pensou em Barril, que já estava em ponto de abate; lançou um olhar de piedade ao amigo..."NÃO! Era só conto de fadas. Bobagem! Imagina, serem comidos por aquele homem!", afastou as ideias ruins. Mas, no segundo seguinte, elas voltaram com mais força: viu Ciro Torto pondo dois caldeirões cheios d'água sobre o fogão; depois, cutucou as chamas com um atiçador enferrujado e labaredas crepitaram. Sua cara cortada iluminou-se em tons de vermelho-sangue.

— Fiquem aqui até eu voltar — ordenou o homem em voz rouca. Saiu da cabana com uma foice na mão e bateu a porta.

Barril esperou alguns segundos. Queria assegurar-se de que Ciro Torto já estava longe. Então, cochichou apreensivo:

— Para onde será que ele foi?

— Sei lá. Mas não quero ficar aqui para descobrir. Vamos fugir antes que ele volte.

— Eu não consigo andar.

— Então, eu vou e trago ajuda.

— Vai me deixar aqui sozinho? — indignou-se.

— Mas você mesmo disse para eu ir buscar socorro enquanto você esperava — argumentou Carol com voz estrangulada.

— Isso foi antes de toparmos com essa coisa.

— Então o que você sugere?

— Você ouviu o que ele disse, para ficarmos aqui até ele voltar. Mesmo se tentássemos fugir, não iríamos longe. Ele acharia a gente.

Carol levantou-se e começou a andar afobada pela cabana.

— O que você está fazendo? — perguntou Barril.

— Procurando alguma coisa.

— O quê?

— Sei lá, qualquer coisa, talvez um telefone para pedir ajuda.

A própria Carol não acreditava em suas palavras. Não haveria telefone num lugar como aquele. Mesmo assim, caminhou pelos quatro cantos do cômodo, olhou debaixo da mesa e da cama, depois correu até a estante. E foi aí, sobre a prateleira do meio, que Carol viu uma coisa que a fez perder a respiração: lá estava a sacola surrada, a sacola misteriosa que ia e voltava cheia.

A menina hesitou. Será que deveria abri-la? Sentiu receio e curiosidade, e não sabia qual dos dois era mais forte. Um conflito se travou, Carol era só estagnação.

Observando a amiga, Barril resmungou:

— O que houve? Por que você parou de procurar?

— É... a sacola. — respondeu ela gaguejante. — Mestre Dimas falou sobre ela...

— Então olha o que tem dentro, oras. Não temos tempo a perder — ordenou o garoto.

Carol levou suas mãos estremecidas à boca da sacola. Abriu-a devagar e esticou o pescoço para desvendar o que havia nela. Barril, de sua cadeira, viu a menina arregalar olhos e boca. Parecia muito abalada com a descoberta.

— O que tem aí? — Barril perguntou.

— Você não vai acreditar... — Carol procurava palavras. — Tem...

— É alguma coisa que possamos usar como arma? — disparou Barril impaciente.

— Bem... Não exatamente, mas...

— Então esquece e continua procurando.

Carol passou um instante atordoada. Mas depois obedeceu ao amigo. Fechou a sacola e reiniciou sua investigação pela choupana. Foram minutos de busca antes que ela dissesse:

— Barril, eu sei que você está com dor, mas não precisamos ir longe. Você só tem que andar um pouquinho, nos escondemos no mato. Nessa escuridão, ele não vai achar a gente.

— Ele segue nossas pegadas.

— Mas não podemos ficar aqui sentados esperando por ele — falou agoniada.

— Será que aqueles três inúteis ainda não deram pela nossa falta? — reclamou Barril.

— Acho que sim. Mas nunca nos encontrarão aqui.

— Tive uma ideia — gritou o garoto, olhando ao redor. — Você distrai o homem. Fala qualquer coisa. Diz que a casa é linda, a decoração moderna... Essas coisas de menina, ou fala assim ó: "seu rosto é maravilhoso, nem dá pra notar a cicatriz"... Aí, eu chego por trás e dou uma paulada na cabeça dele — apontou os pedaços de madeira próximos ao fogão.

— Você está machucado. Não vai bater com força suficiente para desacordá-lo. Só vai deixar ele mais nervoso.

— A dor é na perna, não no braço — Barril se irritou.

— Podemos fazer o contrário. Você o distrai e eu dou a paulada.

— A ideia foi minha — bradou ele. — Além do mais, menina não tem força pra essas coisas.

— AH, É!? — fuzilou Carol. — E quem é que teve força pra carregar você pela mata?

— É... E olha pra onde foi que você me trouxe!

A garota ruborizou de raiva:

— SEU PAQUIDERME MANCO! Eu avisei para não subir no galho. Sabia que ele não ia aguentar seu peso de quinhentas mil tonela...

Lá fora um ruído novo se misturou ao da chuva, alguém se aproximava; Ciro Torto devia estar de volta. Carol e Barril trocaram olhares assustados. "Se ao menos tivessem elaborado melhor o plano da paulada em vez de ficarem brigando." Agora era tarde para saber quem tinha mais força. Carol sentou-se, voltou à mesma posição que Ciro Torto a deixara. Apontou os pedaços de madeira e cochichou:

— Na hora em que ele se abaixar para mexer no fogo, cada um pega um toco. Nós dois batemos. Juntos, teremos força para derrubar esse monstro.

O garoto concordou balançando a cabeça nervosamente. Então, a porta se abriu e Ciro Torto apareceu, estava encharcado da cabeça aos pés, trazia a foice numa das mãos. Na outra, uns galhos cheios de folhagem. Carol e Barril reconheceram: era a planta boa para pancada e torção.

13 *VISITAS INESPERADAS*

Ciro Torto recostou a foice do lado de fora e entrou na choupana. Fechou a porta e aproximou-se do fogo. Não se abaixou como os garotos haviam imaginado. Em vez disso, desfolhou o galho que trouxera e jogou as folhas num dos caldeirões onde a água já fervia. Depois apanhou um saco na estante. Retirou dele legumes encardidos de terra, descascou-os e cortou-os com agilidade. Em poucos minutos havia batatas, repolho e cenouras cozinhando dentro do segundo panelão.

— Espero que vocês gostem de caldeirada de legumes — disse ele, acrescentando umas ervas silvestres como tempero. Tirou o primeiro caldeirão do fogo e o pôs no chão, em frente a Barril. — Deixe esfriar um pouco, rapaz. Depois, enfie o pé aqui dentro.

Ciro Torto puxou uma caixa e sentou-se com a perna ruim estendida. Encarou seus visitantes, misturando curiosidade à feiura do rosto.

— Me contem como foi que vieram parar aqui.

Carol e Barril não responderam.

— Vocês ficariam mais à vontade se eu cobrisse a cara? Posso pôr uma toalha na cabeça — sugeriu Ciro Torto e parecia mesmo disposto a fazê-lo caso lhe pedissem.

— Não... Claro que não — balbuciou Carol, sem ter muita certeza de sua afirmação.

— Então me contem o que aconteceu. Quem são vocês? E isso na perna, menino. Que houve? — Barril já colocava e tirava a pontinha dos dedos na água, experimentando a temperatura.

— Ele é o Daniel, o Barril. Meu nome é Carolina... Carol.

— O senhor é o Ciro Torto — Barril se gabou por saber o nome antes das apresentações.

Carol revirou os olhos: "Como Barril podia dar uma mancada daquelas?". Por um segundo, seu medo foi substituído pela vontade de esganar o amigo. Lançou-lhe um olhar de viés e o garoto se deu conta: "não deveria ter usado aquele nome".

— Prefiro que me chamem só de Ciro — disse constrangido. — Mas agora contem, como foi que chegaram aqui?

Barril, já com o pé dentro do caldeirão, desandou a falar. Descreveu a caminhada ao Forte e até o encontro com o Angaturama.

— ... Na descida nos perdemos do grupo — continuou ele. — Quer dizer, eles se perderam da gente. Bom, a culpa foi dela — apontou Carol. — Queria jogar o chocolate fora e eu tive que comê-lo para não sujar a ilha. Ficamos para trás. Aí, subi numa árvore para enxergar o caminho do alto e, na hora de descer, torci o pé. Viemos andando morro abaixo e chegamos aqui. Foi assim — finalizou e procurou o assentimento da amiga.

Carol arqueou uma sobrancelha e torceu os lábios. A versão de Barril sobre o incidente passava longe da verdade. Não disse que o galho se partira por causa de seu peso e que ela tentara preveni-lo sobre isso. Também não contou que gemeu feito um bebê na aterrissagem; e muito menos que o "viemos andando morro abaixo" era, na realidade, "eu, inútil, choraminguei o tempo todo. E ela me carregou, abrindo caminho pela mata".

Depois de ouvir tudo, Ciro serviu-lhes a comida em pratos de latão. Carol pensou ter visto um sorriso no rosto deformado que parecia dizer "não se preocupe, garota, eu sei que o rapaz omitiu seus méritos nessa história".

Talvez fosse a fome ou o tempero silvestre, fato é que Carol e Barril saborearam a comida como um banquete.

Uma ceia lhe trazendo de volta as forças. Carol pescou com a colher o último pedaço de batata, já era o segundo prato que comia. Ciro Torto perguntou se queria mais. A menina fez sinal negativo, aprumando-se sobre o caixote, que bambeava pra lá e pra cá.

— Me desculpe... só ter uma cadeira — constrangeu-se Ciro. Carol ia dizer que não havia problema, mas ele continuou com voz amarrada. — Sabe... eu nunca recebo visitas.

— Por que o senhor não convida uma galera? — sugeriu Barril. — O pessoal da MaréBoa é legal. O seu Valdo, don'Ângela...

— Ninguém viria.

— Nós viemos — falou Carol.

— Foi por acaso — respondeu Ciro.

Carol e Barril nada disseram. Era verdade. Duas horas atrás, teriam preferido a mata perigosa a entrar naquela choupana.

Ciro aproximou-se da janela.

— A chuva está passando e o mar se acalmou. Vou levar vocês de volta.

— Por que o senhor mora aqui, isolado? — perguntou Carol subitamente. — Por que não vai morar pra Praia da Vila com os outros pescadores?

— E pôr todo mundo pra correr de medo?

Carol procurou uma resposta, mas não a encontrou. Baixava a vista devagar, quando ouviu três pancadas fortes e teve um sobressalto.

Era alguém à porta. Ciro coxeou até ela, parecia atordoado com tanta agitação numa noite só. Girou o toco que servia de trinco e puxou-o. Vinte centímetros de abertura já deram passagem à Filó; a cadela entrou sem cerimônia e correu para os braços de Barril e Carol.

Ciro terminou de abrir a porta e viu mestre Dimas empalidecido. O nativo apavorara-se ao perceber que o destino dos garotos fora a choupana de Ciro Torto. Entrou nela com o coração em saltos. Guga, Beto e Frédi surgiram no seu encalço, atravessaram a entrada colados ao batente, guardando distância do dono da casa. Todos estavam ensopados.

— Que aconteceu? — bradou mestre Dimas.
— Nada. Tá tudo ótimo — respondeu Carol.
— E sua perna, garoto? O que houve? — mestre Dimas olhou desconfiado, achando que Ciro Torto fosse o responsável por aquilo.
— Meu pé já está melhor — disse Barril.
— Mas... — o nativo não acreditava que pudessem estar bem em companhia da criatura da ilha.
— Já comemos e estamos quase secos — falou a menina.
Guga fez uma cara indignada:
— Sim senhor, hein! Nós aqui ensopados, famintos, à procura dos dondocos... E os dois numa boa, sequinhos e de barriga cheia.
— Ninguém mandou vocês se perderem da gente — fuzilou Barril.
— Era só o que faltava — rebateu Beto. — Vocês é que ficaram pra trás.
— É, e muito obrigado por terem nos esperado. Ou voltarem para nos buscar — metralhou Barril com sarcasmo.
— E o que você acha que estamos fazendo aqui? — Frédi partiu em defesa de Beto. Os dois haviam voltado a trocar algumas palavras durante a busca.
— Mas, pela demora do salvamento, só deram pela nossa falta trocentos anos depois — bradou Barril.
— Ficamos todos preocupados — apaziguou mestre Dimas. — Graças a Deus, tá tudo bem. Agora, digam o que aconteceu.
— EU ESTAVA...
— Desta vez eu conto — a menina cortou Barril e iniciou sua narrativa. Fez questão de destacar as partes que ele

não mencionara. Finalizou elogiando o tratamento que haviam recebido na choupana. — Se não fosse o Ciro, não sei o que teria nos acontecido. — O homem encabulou-se por trás da cara medonha.

— Bom — balbuciou mestre Dimas, parecia incrédulo no que dizia respeito a Ciro Torto —, então muito brigado, Ciro... Agora, melhor levar eles de volta. Seu pai — lançou um olhar para Guga — e o Peixoto já devem ter chegado da pescaria e tão aflitos. Será que cê consegue andar? — perguntou a Barril.

— Nada disso — falou Ciro com solidez. — Eu levo vocês no meu barco. É pequeno, mas cabe todo mundo.

* * *

O barquinho de Ciro Torto aportou à altura da Maré-Boa. A chuva havia passado. O céu estrelava-se, anunciando sol para o dia seguinte.

Seu Ademar, seu Peixoto, seu Valdo e don'Ângela vieram correndo ao encontro do grupo. Foi uma mescla de sermão e alegria.

— MENINOS! — gritou seu Ademar. — Vocês estão bem? Chegamos da pescaria e a Ângela nos contou. Como é que saem pela mata assim? Estão malucos! Carolina e Daniel, por que não ficaram com o pessoal? Como foi que se perderam?

E, antes que pudessem responder, don'Ângela exclamou de mãos para o céu:

— Eu já tinha acendido vela pro cês. Pobrezinhos! Perdidos por aí... E sem comer nadinha até agora, vou esquentar o jantar.

Barril hesitou. Preferiu não contradizê-la.

— E que foi isso na perna? — perguntou a mulher.

— Nada, não. Mas será que a senhora pode colocar pra ferver? — Barril mostrou um saco plástico com a planta milagrosa. Ciro lhe dera um maço das folhas e o aconselhara a repetir o banho quente antes de dormir.

— Claro! — respondeu a mulher. Estava confusa, perguntava-se onde o menino conseguira aquilo. Só então notou Ciro Torto a alguns metros dali. A face de don'Ângela se enrijeceu, pegou o garoto pelo braço e o conduziu à pousada fazendo um sinal da cruz.

Mestre Dimas insistiu para que Ciro entrasse e tomasse um café, mas ele apenas se despediu e caminhou de volta ao barco. Carol correu para alcançá-lo, enquanto os outros já iam para a MaréBoa.

— Ciro, obrigada.

— Não precisa agradecer, menina. Vá logo pra pousada contar a aventura, antes que seu amigo o faça à moda dele. Ah... Já ia me esquecendo, isso aqui é seu — tirou do barco dois caracóis e *A Ilha do Tesouro*. Devolveu-os a Carol.

— Você guardou! — tomou-os de volta enquanto o homem já se preparava para zarpar. Então, constrangida, ela disse: — Ciro, na choupana... eu revistei sua sacola, a que você leva e traz do continente.

O homem a olhou surpreso. Carol achou que se enfureceria com a intromissão. Mas Ciro respondeu calmamente:

— Ah... a sacola. Bem, é um costume que tenho desde pequeno.

— Eu não imaginei que você também gostasse de ler — disse ela. — Onde você os pega?

— Na Biblioteca Municipal de Vista Azul. Retiro uns quatro ou cinco livros por vez. Devolvo-os depois de trinta dias e trago mais alguns pra casa.

— É, vi que tinham o selo de biblioteca na capa.

— Esse aí que você está lendo foi um dos meus preferidos quando tinha a sua idade.

A garota sorriu e ficou reticente por um momento. Estava tomando coragem para perguntar:

— Ciro, outra coisa... Por que você disse que eu conhecia a língua do dragão?

O rosto do homem estremeceu. Carol chegara a um assunto proibido.

— É melhor deixar pra lá — respondeu ele.

— Me conte. Talvez eu possa ajudar — Carol insistiu.

— Não sei se devo envolver você nessa história.

— Por favor, Ciro.

— Menina, vá pra pousada, junto com os normais. Você não tem medo da minha cara, não?

— NÃO! — disse convicta. — Agora não mais. E me desculpe por ter tido.

Aquela afirmação pegou Ciro de surpresa. Sentiu-se feliz por um instante, mas saltou a bordo e puxou a corda do motor sem dizer uma palavra.

— Vou a sua casa amanhã. Quero saber a verdade — Carol gritou, enquanto o barco desaparecia no breu do oceano.

14 *CIRO NÃO TÃO TORTO*

O sol derramou seus primeiros raios sobre a areia, galos e pássaros cantaram em orquestra. Era alvorada na Ilha do Dragão. A Vila dos Pescadores acordou tranquila, com o cheiro de brisa fresca se entrelaçando ao de café.

Na pousada MaréBoa, Carol já estava pronta, mas enrolou bastante com o último pedaço de sanduíche: uma tática para ludibriar os minutos. Aguardava seu Ademar e seu Peixoto saírem para a pescaria. A menina não queria que os adultos descobrissem seu plano, sabia que seriam contra e não lhe dariam permissão. Mas a estratégia foi em vão, graças a Guga e sua boca delatora:

— Não vi nenhum espelho na cabana — debochou ele à mesa do café. — Claro, imaginem acordar e dar de cara com aquele visual. Já que você vai visitá-lo, Carol, que tal levar um espelho de presente pra ele?

Seu Ademar e seu Peixoto ouviram, don'Ângela e mestre Dimas também. Guga percebeu a mancada, afundou os olhos no prato e desandou a comer para não topar com o rosto fulminante da garota.

— Nada disso, Carolina — ordenou o pai de Guga. — Nada de se aventurar sozinha por aí. Já chega o susto de ontem... E O MESMO VALE PRA VOCÊS — aumentou a voz voltando-se para o filho, Beto e Barril. Os meninos tiveram um sobressalto. Estavam achando que a bronca não chegaria até eles. — Quase me matam do coração. Tratem de se comportar, ouviram? Senão, levo todo mundo pra pescar comigo... E passem minhas ordens para o Frederico também — o menino rico não descera para tomar café, ainda sentia-se um pouco rejeitado pelos novos amigos.

— Seu Ademaaaar — começou Carol —, me deixe ir. O Ciro...

— Cê tá maluca, mocinha? Nem pensar! — bradou don'Ângela.

— Ele nos salvou. E ainda curou o Barril — falou Carol e apontou o garoto, seu tornozelo já havia desinchado.

— Se salvou, tá salvo. Voltar lá pra quê? Aquilo tem parte com o diabo, o rosto do demo.

— É só uma cicatriz. E a perna é defeituosa.

— E cê nunca ouviu dizer q'o diabo é coxo?

— Ângela, Ciro é de meter medo. Mas num exagera, mulher — falou o marido de trás do balcão. — Ele tratou bem os garotos — fez uma pausa e voltou-se para Carol. — Mas também acho q'cê num deve ir. Deixa o homem lá co'as maluquices dele.

— Menina, por que cê num vai pra praia como todo mundo? — sugeriu don'Ângela.

— Isso mesmo — disse o pai de Guga e seu Peixoto assentiu. — Vá para a praia e aproveite o feriado. — E pela cara dos dois, a garota percebeu que não haveria contrapropostas.

— Tá bom — afirmou Carol um segundo depois. — Eu vou à praia. Não precisam se preocupar, não vou fazer nada de arriscado. Ok!? — E sua obediência surpreendeu a todos, principalmente aos garotos, que não estavam acostumados a ver a amiga ceder com facilidade.

E Ademar, Peixoto, don'Ângela e mestre Dimas sorriram satisfeitos quando Carol saiu à varanda, apanhou o guarda-sol e foi para a praia.

* * *

— Aonde você vai? — perguntou seu Valdo. O velho limpava o MaréBoa, o barco da pousada. Carol passou por ele e fez cara de quem não aguentava mais a pergunta:

— À praia.

— Ah! — respondeu o velho, enquanto a menina continuava sua caminhada. — A essa hora é uma delícia. Pouca gente, mar tranquilo.

— É — e nem olhou pra trás.

— E os outros, não vão com você? — gritou o velho.

— Ainda estão tomando café.

— Se quiser, posso avisar pra eles onde você está. Diga qual a altura da praia em... — mas Carol já ia longe. Seu Valdo parou com a limpeza e correu ao seu alcance. — Daquele lado o mar é mais calmo — apontou na direção contrária. — Não prefere ir pa...?

Carol abriu os braços impaciente.

— Seu Valdo, estou indo à cabana do Ciro — disse ela, e viu o velho arregalar os olhos.

— Mas...

— Preciso falar com ele e o senhor não vai me impedir. Os outros já tentaram e só me deixaram sair porque prometi que ia à praia. Mas eu não menti, não disse para qual praia estava indo. Bom, tenho que admitir que o guarda-sol foi só para disfarçar.

— Mas...

— O Ciro é legal, salvou a gente. E acho que agora ele precisa da minha ajuda.

— Mas...

— Seu Valdo, não adianta me proibir — exclamou com firmeza. — Já tomei a decisão...

— Mas você está indo pelo caminho errado — o velho completou sua frase. — A Praia Quebrada é de difícil acesso pela orla. Ou você vai pelo mato ou pelo mar. Venha, eu levo você até lá de barco — apontou o MaréBoa.

* * *

Ciro estava agachado na areia junto de uma cesta de peixes frescos. Com uma faca, tirava as barrigadas e lançava às gaivotas. Parou o serviço quando viu o barco se aproximando.

Seu Valdo o cumprimentou e disse:

— A menina não sossegou enquanto não veio lhe visitar.

Ciro estava surpreso e não sabia o que dizer.

— Pode deixar ele aqui — falou seu Valdo quando Carol quis pegar o guarda-sol. — Ele era só pra disfarçar, não era?

A menina concordou e agradeceu, vendo o MaréBoa dar meia-volta. Carol foi ao encontro de Ciro, os dois sentaram-se de frente para o mar recostados à choupana. A menina quis começar a conversa com um tema animador e explicou como o tornozelo de Barril estava melhor.

— ... Nem está mancando mais e... — olhou o pé torto de Ciro. "Que gafe", pensou. O homem tentou afastar a perna do seu campo de visão, o constrangimento estava armado. Carol achou que pedir desculpas só pioraria a situação, por isso encheu-se de coragem e falou:

— Como foi que isso aconteceu? — apontou a perna e depois o rosto disforme.

Ciro aspirou fundo e demorou a dizer:

— Quer mesmo saber?

Carol assentiu, mas já não muito convicta. Ciro fixou os olhos no mar.

— Foi a maldição do tesouro.

A menina estremeceu. Suas mãos pararam de brincar com a areia. "Seria verdade? Mas a maldição era só uma lenda, histórias de pescador."

— Como assim? O que houve? Um monstro? Um fantasma?

— Três metros de monstro. Apanhou-me pela perna e quase me arranca o rosto.

Carol lembrou-se da turista escandalosa do ancoradouro. Como era mesmo que gritava? "Parecia um dragão, um lagarto gigante, cheio de escamas." Carol começava a acreditar que a tal mulher não era tão maluca.

— Vou contar tudo desde o começo — ele disse. E, após uma longa pausa, prosseguiu. — Foi há muitos anos. Eu era jovem, morava com meu pai em Vista Azul; minha mãe morreu quando eu era pequeno. Cresci ouvindo a lenda do Capitão Dragon e de uma fortuna escondida na ilha. Cada um contava de um jeito. Uns diziam que o tesouro estava debaixo d'água; outros, enterrado na praia, na mata... Para mim não importava, nunca dei bola pra essas histórias, gostava mesmo era de estudar.

Ciro encheu os pulmões como quem aspira ar e recordações.

— Ia à escola de manhã e era o melhor aluno da classe. No resto do dia, ajudava meu pai com a pesca. "Esse menino vai ser doutô", dizia ele. Terminei o colégio recebendo medalha de honra e iria estudar na capital, fazer faculdade. Queria ser engenheiro e construir transatlânticos.

    Carol surpreendeu-se com o passado culto de Ciro. Então se deu conta de que ele não falava como os outros pescadores da ilha. Expressava-se como quem lia e havia estudado; isso confirmava a narrativa do homem. Mas nem precisaria, pois Carol não duvidava dela. Seu Valdo lhe veio à cabeça: "Engraçado, ele também não fala como os moradores. Não tem sotaque do lugar"; então, deixou seu Valdo de lado e concentrou-se em Ciro e sua biografia.

    — Eu estava feliz de poder continuar os estudos. Mas seria difícil para meu pai ficar sozinho e sem minha ajuda. Ele já estava velho, adoentado e não podia parar de trabalhar, não tinha outro sustento. Foi então que, numa noite quente, poucos dias antes do início da faculdade, ouvi de novo a história do Capitão Dragon. Um pescador a contou com tanto realismo que tomei uma decisão: antes de partir, passaria os últimos dias à procura do tal tesouro. Não tinha nada a perder e, caso achasse a arca do Pirata, daria a meu pai a vida tranquila que ele merecia. Tomei um barco emprestado e vim para a Ilha do Dragão. Trouxe só duas mudas de roupa e uma pá para cavar. Maldito seja aquele dia.

    Carol viu Ciro cerrar os punhos. Demorou para afrouxá-los novamente. O homem parecia atormentado, mas continuou:

    — Naquela época não morava muita gente na ilha. Mas os poucos pescadores logo me aconselharam a desistir. "Se existia mesmo um tesouro, era melhor deixá-lo em paz", eles diziam. Falavam de um monstro guardião, alma penada do Dragon, essas coisas. Não dei ouvidos e segui para o lado norte da ilha, havia boatos de que o tesouro estaria lá, no fundo das águas. Ancorei o barco e comecei a mergulhar. Voltava à superfície só para tomar fôlego e submergia de novo. Vi peixes, algas, mas nada de ouro. As horas se pas-

— Tomei um barco emprestado e vim para a Ilha do Dragão... Maldito seja aquele dia!

saram, já estava escurecendo quando quis dar o último mergulho. E foi aí que ele me atacou.

Carol arregalou os olhos. Estava perplexa e disse gaguejante:

— Ele?... Mas como era esse ele?... Era um fantasma? Uma criatura guardiã?

Ciro fitou-a nos olhos.

— Não. Ele era um tubarão.

15 CIRO E A MALDIÇÃO DO PIRATA

— Tubarão não existe por aqui — Guga riu da observação.

— Sorte sua — respondeu Beto. Ele havia acabado de explicar que surfistas podiam ser alvo do perigoso peixe.

— Ou do tubarão. Ia ter congestão — soltou Barril.

Os três banhavam-se na pequena enseada que dividia a Praia da Vila da Praia Longa. Era como uma piscina, mar cristalino e calmo. Guga estava sentado a cavalo sobre a prancha. A mansidão da água a balançava sem tirá-la do lugar.

— A Carol é doida — Guga não vira a menina desde o café da manhã. Já imaginava onde estava. — Ir na casa daquele homem esquisito e horroroso.

— O Ciro Torto não é má pessoa — disse Barril.

— Mas é esquisito — reafirmou Guga — ... e horroroso.

— Ah, e você deve se achar muito bonito — Beto ironizou.

— É! Deve se achar a oitava maravilha do mundo — zombou Barril, que boiava sobre uma câmara de pneu de caminhão. Estava com a bola de futebol em cima do peito.

— Eu não — falou Guga. — Mas temos que admitir que a oitava maravilha não está longe daqui.

Barril não entendeu. Beto explicou:

— Ele está falando da Drica, Barril. Aquela de ontem, do passeio ao Forte. Disse o nome dela essa noite enquanto dormia — dedurou Beto e Barril disparou a rir.

— Vocês estão com inveja, não ficaram íntimos dela como eu — Guga resmungou. — Temos muita coisa em comum.

— O que, por exemplo? — quis saber Barril.

— O surfe, o jeito de falar...

— É. Pra cada semelhança, vocês têm dez diferenças — afirmou Beto.

Guga ia soltar um desaforo, mas Barril o interrompeu:

— Guga, se quiser chamar a atenção da Drica, você tem que fazer uma coisa radical — deu duas braçadas ao acaso, com os olhos no céu.

— Como boiar feito um baiacu com uma bola na barriga!?

Barril não ligou para o sarcasmo de Guga. Continuou com suas braçadas tranquilas e observou uma ave passando sobre sua cabeça.

— Uma tatuagem. Por que você não faz uma? Mas não beija-flor, como a dela. Isso é coisa de menina... Faz uma gaivota cruzando o sol.

Guga, que antes de ouvir a sugestão se preparara para debochar dela, não o fez. Em vez disso, ficou calado e pensativo.

* * *

— Mas então não era dragão, não era uma criatura? Era só um tubarão — Carol olhou o rosto rasgado de Ciro e se arrependeu do "só um tubarão". Isso já fora mais que suficiente.

— É. A criatura que me atacou era um peixe de três metros. Quase me leva a perna e a cabeça, vi a água do mar ficar vermelha de tanto sangue. Lutei como pude, dei socos e pontapés e ele me soltou por um instante. Consegui subir no barco um segundo antes dele me abocanhar novamente. Cheguei à Vila dos Pescadores todo ensanguentado, lá desmaiei e só acordei dias depois, já no continente. Levaram-me para a casa de meu pai, pois não havia hospitais nem médicos em Vista Azul. Quem cuidou de mim foi uma parteira. Ela fez o que pôde, mas o resultado é esse que você está vendo.

Carol sentiu um nó na garganta. Que destino cruel tivera o jovem Ciro. Tão esforçado e só querendo ajudar o pai.

— Todos os meus planos se acabaram ali — continuou o homem. — A faculdade, ser engenheiro, os transatlânticos, a vida melhor para meu pai. Ele morreu poucos anos depois. Acho que foi de desgosto pelo filho horroroso que tinha. Fiquei sozinho no mundo e achei melhor ir embora de Vista Azul, ninguém ali gostava de olhar pra mim. Então, antes que um circo me levasse como atração, fui embora. Vim para a Ilha do Dragão. Procurei uma praia longe da Vila dos Pescadores, de difícil acesso. E aqui estou eu até hoje — com os braços, mostrou o lugar. — No começo, expliquei aos moradores que fora vítima de um tubarão, que minha desgraça não tinha a ver com a lenda, mas ninguém acreditou.

Ciro encheu os pulmões e encarou a garota:

— Sabe, menina, o problema é que não existem tubarões por aqui. Nunca viram um pelas redondezas. O que me pegou devia ser um animal perdido, desorientou-se e veio parar em águas estranhas. Por isso minha história não tinha crédito, para os pescadores foi o monstro que me atacou e pronto. E é assim que contam até hoje. Alguns falam que sou a reencarnação do pirata, outros que fiz um pacto com ele: me tornaria seu discípulo se me deixasse viver. As versões vão por aí afora. — Ciro percebeu que Carol tinha os olhos marejados: — Não fique assim. Os anos fazem a gente se acostumar... até a isso — apontou o próprio rosto. — A vida aqui não é tão ruim, o mar me dá peixe e a brisa é companheira.

Carol se recompôs. Passou a mão nos olhos e engoliu um soluço.

— Você nunca pensou em procurar um médico, um especialista? Talvez possam fazer alguma coisa. Pôr sua perna no lugar, sei lá.

— Eu não teria dinheiro pra pagar — fez uma pausa resignado. — Não devia ter desafiado a lenda.

— Lenda! — bradou Carol. — Mas você foi atacado por um tubarão. Não foi monstro, nem alma penada. Foi um bicho real.

— Talvez tenha sido uma espécie de aviso. A maldição agindo através da natureza e castigando os ambiciosos.

— Ciro, nós precisamos convencer as pessoas de que você não tem nada a ver com essa crença macabra.

— Mesmo se acreditassem na história do tubarão, isso não mudaria minha aparência. Vou continuar metendo medo em todos. Mas pare de se preocupar, nem me incomodo mais — mentiu o homem. — Acostumei-me à minha cara feia, meu olho furado. Meu problema agora é o outro.

Carol surpreendeu-se:

— Como assim "o outro"?

— O outro olho.

— O que há de errado com ele?

A resposta de Ciro demorou:

— Estou com catarata. A doença atinge a íris e vai tomando conta, tampando tudo até que a pessoa não enxerga mais nada.

Carol empalideceu. Imaginou Ciro perdendo a vista boa e ficando cego de vez. Seria seu fim. Sozinho, sem ninguém para lhe ajudar. Agora entendia o olhar turvo do homem, "Pobre Ciro, mais uma desgraça". Então, no segundo seguinte, o rosto da menina se iluminou. Lembrou-se das irmãs Fonseca, suas vizinhas que davam aula de música a Guga. Uma delas tivera a mesma coisa e curou-se fazendo uma simples operação. Dias depois, já estava em casa vendendo saúde, lendo as partituras e enxergando melhor do que nunca. Carol disse radiante:

— CATARATA TEM CURA! É só operar, Ciro.

— Eu sei. Mas a operação custa dinheiro. E seguro-saúde, essas coisas... eu nunca tive.

— Podemos fazer uma vaquinha com o pessoal da ilha.

— Ninguém doaria dinheiro pra me ajudar.

— Eles só precisam conhecê-lo melhor. Como vão saber que você é legal se fica se escondendo nessa cabana? Se você der uma chance, tenho certeza de que todos lhe ajudarão. Começando por mim — bateu no bolso. Percebendo que não trazia um tostão consigo, sorriu sem graça não querendo desencorajar o homem.

— A operação é cara. Mesmo se todo mundo colaborasse, não seria suficiente para as despesas. Os pescadores aqui são humildes, ninguém tem dinheiro sobrando.

— Mas não podemos desistir. Precisamos falar com os médicos, quem sabe alguém faz um preço camarada. Quando voltar ao continente, perguntarei nos hospitais.

— Obrigado, menina. Mas isso pode demorar meses. Não tenho mais tempo, quase não enxergo mais, mal consigo ler os livros que trago da biblioteca. Preciso ser operado rápido, preciso do dinheiro agora. Para mim só há uma chance.

— Qual? — perguntou Carol com certo receio.

— Fazer aquilo que tentei e falhei... Encontrar o tesouro do pirata.

Carol estava atônita. Será que teria ouvido bem?

— Eu sei que não deveria — explicou Ciro com a garganta amarrada. — Não deveria desafiar a maldição outra vez. Mas que escolha eu tenho? Ficar cego do segundo olho é minha sentença de morte. Maldição por maldição, prefiro morrer tentando.

Carol entendeu o desespero do homem, porém precisava alertá-lo do engano que cometia.

— Escuta, Ciro, eu quero ajudar. Quero mesmo! Faria tudo que pudesse. Mas essa história de procurar tesouro não vai dar certo — falou pausadamente para que ele acompanhasse seus pensamentos. — Ninguém sabe se ele existe. E, se existe, quem garante que está nesta ilha?... Mas, ok! Vamos supor que esteja aqui... Olhe só o tamanho disso! — abriu os braços mostrando a imensidão do lugar. — Até alguém cavar ou mergulhar por toda a Ilha do Dragão, levaria anos. Eu acho que a opção da vaquinha é melhor.

Ciro olhou-a e refletiu por um longo tempo. Finalmente, levantou-se e entrou na choupana. Carol esticou o pescoço por sobre o ombro e viu o que o homem fazia lá dentro. Ele afastou a mesa e suspendeu o tapete de cordas. Embaixo dele havia uma tábua solta que tapava um buraco no chão, levantou-a e apanhou um embrulho — algo envolto num saco de estopa. Ciro voltou com ele na mão.

— A procura de um tesouro não demora quando se sabe onde ele está.

Carol ficou confusa.

— Há uns dez anos — começou Ciro —, apareceu por aqui um turista inglês, um velho chamado mister Cooper. Ficou hospedado num bangalô lá na Praia da Vila e quase não falava com ninguém. Saía de manhã, sozinho, e voltava só ao escurecer. Caminhava pela ilha toda, pelas praias, pelas colinas, como quem quisesse conhecer cada centímetro delas. Um dia o vi no mar, batendo as mãos feito maluco e gritando por socorro. Estava se afogando.

Carol entendia cada vez menos. Aonde aquela história iria chegar?

— Tirei o homem da água e o trouxe para a praia no meu barco — continuou Ciro. — Ele chorava feito criança, dizendo com sotaque "A busca para mim terminou. Quero voltar pra casa". Achei que o velho estava em choque e nem dei atenção às suas palavras. Porém, depois de se recuperar do susto, ele falou: "Apareça no ancoradouro amanhã. Estarei de partida, mas antes darei uma coisa a você, um presente... Sou-lhe eternamente grato, você salvou minha vida...". No dia seguinte, ele me entregou isso.

— Mas o que tem nesse embrulho?

Ciro desfraldou lentamente o saco de estopa. Surgiram três cadernos muito antigos e sujos, capas de couro em desmancho e páginas amareladas.

— O diário do Capitão Dragon.

16 DE VOLTA AO PASSADO, UMA HISTÓRIA DOS SETE MARES

Carol estarreceu, suas mãos tremiam ao tocarem os velhos livros. Seria verdade? Teria mesmo o famoso Dragon escrito um diário? Estaria segurando anotações seculares sobre o cotidiano de um navio pirata?

— Você deve estar se perguntando se eles são autênticos — disse Ciro.

Carol assentiu e, cuidadosamente, revirou os cadernos, ainda sem coragem para abri-los.

— O tal Cooper jurou que eram.

— Mas como isso foi parar nas mãos dele? — perguntou a menina.

— Ele me contou que um de seus antepassados, o pai do avô do avô do avô dele, pertencera à tripulação do Black Pearl, era o cozinheiro. E que antes do navio afundar o Capitão Dragon lhe entregou isso — apontou os três volumes —, pediu para que os guardasse. Parece que o homem sujou os diários com gordura e, quando foi capturado, disse que eram livros de receita. A história funcionou, os soldados só lhe confiscaram facas de carne e uma espada. O cozinheiro e o que restou da tripulação foram levados à Inglaterra e atirados num presídio remoto. Lá apodreceram sem contato com o mundo externo, nem parentes próximos tiveram permissão para visitá-los. Isso explicaria por que nenhum deles pôde passar adiante a informação de onde esconderam o tesouro. O cozinheiro morreu anos depois na prisão; como último pedido, implorou que seus pertences fossem entregues a seus filhos. As autoridades atenderam-lhe a súplica, sem se preocupar em averiguar o conteúdo daqueles "livros de receita" imundos e cheirando a cárcere. As anotações do Pirata foram enviadas à família juntamente com uma carta mal-educada que dizia: "provas comprometedoras, como facas e espada, não serão devolvidas". E assim o diário do Dragon ficou com os Coopers por muitos anos. Foi passando de pai para filho.

Carol ouviu a história atenta e fascinada.

— O Cooper, o que salvei do afogamento, disse que aí está anotada a localização do tesouro.

— Mas se é assim, por que ele mesmo não o encontrou?

— É uma boa pergunta, também não sei. Ele falou qualquer coisa sobre "já ter procurado em dez ilhas diferentes e não ter achado nada. A Ilha do Dragão era sua última esperança". Algo assim.

— Que estranho! — ela disse.

— Eu tentei ler o diário. Até comprei um dicionário de inglês de uma turista. Procurei palavra por palavra, porém só um monte de termos não faz o texto ter sentido. Precisava de alguém que soubesse interpretar o conteúdo. Outro dia, ao ver você escrevendo na areia, reconheci as palavras. Vira-as nos textos do Pirata. Era inglês! E, pra completar, você carregava um exemplar do *A Ilha do Tesouro*... Muito sugestivo, quase como um aviso milagroso — fez uma pausa e encarou sua ouvinte. — Já apareceram muitos turistas por aqui que falavam esse idioma, mas nunca confiei em ninguém para mostrar esse diário. Com você foi diferente, não sei o que aconteceu, senti confiança nos seus olhos verdes — Carol ruborizou. — Menina, será que você consegue ler o que está escrito aí?

O coração da garota bateu forte. Era uma sensação estranha, misto de lisonja e encargo. Em toda sua vida, Carol nunca se defrontara com tarefa tão repleta de responsabilidade. Aspirou demoradamente e, então, disse:

— Eu vou tentar, Ciro... Eu vou tentar... — Abriu o primeiro volume com lentidão.

Se aquilo era uma falsificação, então era de boa qualidade. O papel antigo e sem pautas estava escurecido pelo tempo. Havia folhas faltando, rasgadas, manchadas, emboloradas. Carol teve medo de se desfazerem em seus dedos. Viu a caligrafia corrida, feita à pena e tinta do século XVIII, nada parecida com a letra digitada dos livros que costumava ler. O texto devia conter palavras antigas, termos em desuso, isso sem falar do vocabulário marítimo, só conhecido por gente da área. Será que conseguiria entender alguma coisa? E foi com esses receios que ela iniciou a leitura.

3 de agosto, 1768. *Jack e Gibson fizeram os reparos no mastro. Mas quando chegarmos em terra precisaremos procurar um carpinteiro.*

O vento hoje nos ajudou. Se continuar assim, chegaremos ao destino antes do previsto. Isso animou a tripulação. Até Brosnan, o mal-humorado, ficou feliz.

Os poucos acontecimentos do 3 de agosto custaram um longo tempo a Carol. Era trabalhoso decifrar a escrita e ainda traduzi-la da melhor forma possível. Mas a segunda página foi mais simples. Carol começava a se acostumar com os contornos da letra. O "a" não era mais tão parecido com o "e". Nem o "g" com o "y"... Lentamente, reconhecia as peculiaridades de cada um. A leitura se dinamizou à medida que avançava no texto.

29 de agosto, 1768. *Big John fez aniversário e comemoramos com uma dose a mais de rum. McGregor se embebedou e quis bater em todo mundo. Quase arrancou a cabeça do papagaio de Peter, que o chamou de* 🦅 👑 ☠ 🌸 ♣ 🔹 *e também de* ☹ 👑 ♣ ☠ 🔹 ♀.

Carol preferiu não traduzir essa parte.

Cooper já me passou a lista dos mantimentos de que precisa para a cozinha. Ao chegarmos em terra será a primeira coisa que providenciarei. Espero conseguir as cinquenta galinhas que ele pediu. Não aguentamos mais comer biscoitos infestados de vermes.

14 de outubro de 1768. *Cruzamos com um navio inglês de nome Endeavour. Decidi não atacá-lo, pois parecia não conter carga valiosa. Fui a bordo, conheci a tripulação e um tal de James Cook. O homem tinha aspecto de professor e não de um capitão. Explicou-me que estão a caminho de uma ilha chamada Haiti, acho que já ouvi falar dela, foi descoberta há pouco tempo. Vão observar um planeta que passará entre o Sol e a Terra ou algo parecido (isso me parece coisa de insanos). Avisei Cook para tomar cuidado, não são só os piratas que encontram a morte nessas terras e águas longínquas.*

E assim Carol seguiu a tradução. O cotidiano a bordo do Black Pearl não tinha nada de monótono. A menina passou pelos perigos de uma tempestade que quase partiu o navio ao meio, por batalhas sangrentas, três pernas amputadas: um serrote de bisturi; rum, como anestésico e desinfetante, e Jimmy, um marinheiro desdentado, de cirurgião. Houve também inimigos executados sem piedade, andavam sobre a prancha e viravam comida de tubarão; ouro roubado; chegada à Jamaica; brigas de bar; jogos de cartas cheios de trapaças; ratos no convés e escassez de alimento a bordo.

Muitas palavras ficaram incompreendidas. Ou a caligrafia era ilegível ou Carol não sabia exatamente o que significavam. Mesmo assim, Ciro e a menina fascinavam-se com a trajetória do Pirata. Acompanhavam tudo com atenção e estremeceram ao chegar no 13 de maio.

13 de maio, 1769. *Estamos preocupados. Temos uma carga muito valiosa em nosso poder: ouro, diamantes... O boato se espalha rápido e outros piratas virão nos atacar. Precisamos de um local seguro para esconder essa fortuna. Sei o lugar perfeito, estivemos lá há alguns anos. Vamos tomar o curso imediatamente.*

Carol passou apressada para a página seguinte. Já era julho.

5 de julho, 1769. *Hoje escondemos o tesouro. Todos estão satisfeitos com o local escolhido, uma bonita ilha abastada de coqueiros. Esperaremos as coisas se acalmarem, aí voltaremos para buscar nosso ouro. A caverna é ideal, nós a batizamos de "A Toca da Baleia", pois a entrada lembra a cauda desse animal. Ali o tesouro está seguro, ninguém o achará.*

O serviço foi rápido, voltamos da ilha para o navio ainda nas primeiras horas do dia. A maré forte ajudou, quase não foi preciso remar. Levou os botes da praia até o Black Pearl em apenas alguns minutos. Uma pequena tartaruga acompanhou nosso caminho. Tom quis capturá-la para o jantar, mas ordenei que a soltasse. Apiedei-

-me do animal, era como se ele fosse cúmplice de nosso segredo.

Ciro e Carol cruzaram olhares; a lenda tomava contornos de fatos. A menina não conseguia esconder a euforia, mas no rosto de Ciro havia uma expressão intrigante. Algo que Carol não soube identificar se era bom ou ruim.

21 de julho, 1769. *Acordamos ouvindo ruídos vindos do mar, parecia um lamento. Taylor foi logo gritando que era canto de sereia, que tapássemos os ouvidos senão enlouqueceríamos e nos atiraríamos na água. Eram duas baleias. Acompanharam o navio por várias milhas e depois desap...*

Uma avaria na página cortou a frase ao meio. Mais abaixo, Carol identificou algumas palavras soltas: *Noite... Quando... Mar aberto... Também.*

Passou às páginas seguintes, muitas ilegíveis, rasgadas e com tinta borrada. O diário parecia ter caído na água. As aventuras do Pirata recomeçavam só oito meses depois com uma linda manhã.

17 de março, 1770. *Uma linda manhã, o vento sopra a nosso favor. Bill se recuperou do ferimento no braço, não vamos precisar amputá-lo. Jimmy já estava afiando o serrote. "Os tubarões não vão ter o gostinho de comer minha mão", disse Bill.*

9 de abril, 1770. *Robert e Watson começaram uma briga. Foram precisos três homens e minha intervenção para separá-los. O motivo foi a perda de um balde, Watson o deixou cair no mar quando apanhava água para lavar o convés. Robert diz que é sinal de mau agouro perder um balde para as águas.*

11 de abril, 1770. *Cruzamos com um navio pirata francês. Nos avisaram de uma recompensa alta por nos-*

sas cabeças e que há uma frota da marinha inglesa a nossa procura.

16 de abril, 1770. Avistamos sete navios no horizonte. Será a frota da qual os franceses falaram? Não se aproximaram, mas parecem acompanhar nosso rumo oeste, mantendo sempre a mesma distância. A tripulação está em alerta. Jack diz que sua perna de pau está doendo, isso acontece antes de nossos combates. Jefferson não para de passar a mão pela barba e falou que sente cheiro de batalha no ar. Ordenei que mais balas de canhão fossem trazidas ao convés. A noite está caindo e a escuridão nos ajudará. Faremos uma manobra para despistar esses idiotas.

17 de abril, 1770. Eles continuam no horizonte, não conseguimos enganá-los. Nossas velas estão todas infladas e nunca navegamos tão rápido como agora. Sinto que irão se aproximar no decorrer do dia, os canhões já estão preparados.

Entregarei este diário a Cooper. Caso sejamos apanhados, minhas anotações estarão mais seguras com ele. Tenho um mau pressentimento, mas o Capitão Dragon não se entrega assim tão fácil. Além do mais, nosso tesouro está seguro, nunca descobrirão onde o escondemos. Lutarei por ele até a morte... Não... Até depois da morte.

Não havia mais o que ler. As últimas páginas do caderno estavam vazias. O destino esquartejante do Pirata Dragon, após a batalha de 18 de abril de 1770, eram os livros de História que contavam. A menina fechou o diário, ela e Ciro pareciam ter viajado no tempo. Precisaram de alguns minutos para voltar à realidade do século XXI.

— Quer dizer que foi assim que tudo aconteceu — disse Carol, impressionada. — E o tesouro existe mesmo. CIRO, É VERDADE! — gritou.

Mas o homem não compartilhou seu entusiasmo.

"Eles continuam no horizonte, não conseguimos enganá-los."

— Você tem certeza que sua tradução está certa?
— Muitas palavras eu não entendi. Mas basicamente é isso que está escrito — fez uma pausa e folheou o caderno de volta ao "5 de julho de 1769". — Ele fala de uma ilha abastada de coqueiros e até de uma tartaruga que acompanhou o bote. Ciro, tem que ser aqui — fez um gesto mostrando o lugar. — O tesouro está na Ilha do Dragão.

Ciro a olhou e disse desanimado:
— Não.
— Mas a descrição combina.
— Essa descrição combina com uma porção de ilhas que existem pelo mundo. Coqueiros, tartarugas... Esse tesouro pode ter sido colocado em qualquer uma delas. Por isso o mister Cooper, o que salvei, disse que já havia procurado em dez ilhas diferentes.
— E como você tem tanta certeza que essa não é a ilha citada no texto?
— Porque aqui não existe caverna alguma.

Foi um balde de água fria. Carol releu o texto *"A caverna é ideal, nós a batizamos de 'A Toca da Baleia', pois a entrada lembra a cauda desse animal..."*.
— Você tem certeza que não há grutas por aqui? — perguntou a garota.
— Tenho.
— Talvez haja alguma escondida no meio do mato — insistiu Carol. — Uma com a entrada em forma de rabo de peixe.
— Menina, eu conheço essa ilha como a palma da minha mão. Aqui não existe caverna, gruta, nada disso. A ilha desse Pirata é outra, talvez no Pacífico, no Índico... Foi tudo em vão. O tesouro nunca esteve aqui... Um monte de bobagens. Estraguei minha vida por causa de uma lenda de pescador — segurou o rosto entre as mãos. — Eu não queria muito, só um pedacinho desse ouro para pagar a operação, para não ficar cego — lamentou, abanando a cabeça.

Carol sentiu um vazio. Foi como possuir uma preciosidade e vê-la escapar por entre os dedos. Teve muita pena do homem.

— Ciro, não fique assim. Nem tudo está perdido. Ainda podemos fazer a vaquinha e...

— Esqueça, menina. Eu agradeço sua ajuda, nunca ninguém me deu tanta atenção como você. Vou me lembrar disso enquanto viver... O que não será por muito tempo — completou olhando o céu. O sol não estava mais a pino e a tarde começara. — Vamos, vou levar você de volta.

17 *NEM SINAL DE FRÉDI*

Carol e Ciro chegaram à Praia da Vila abatidos. Perseguiram um sonho e o viram se desfazer em pedacinhos. A garota saltava do barco quando Barril veio ao encontro dos dois.

— Oi, Ciro, tudo bom? Olha a minha perna! Tá novinha em folha. Acho que vou levar umas mudas da planta pro nosso time de futebol. O pessoal vive tendo contusão antes de jogo decisivo.

— Eu sabia que iria ajudar — do barco, o homem respondeu sem muito ânimo.

— Credo, vocês dois estão com umas caras — disse Barril, olhando de um para o outro. — Já não chega o emburramento do Frédi!?

— Por que ele está emburrado? — perguntou Carol.

— Por quê? — falou Barril com ironia. — Por causa do gelo que vocês deram nele, oras. Isso não tá certo, Carol, afinal ele não tem culpa do pai ter aquela dinheirama e sair comprando tudo que aparece. — Barril notou que Ciro estreitou o olhar como se aquelas palavras tivessem lhe acendido uma ideia. Achou estranho, mas continuou. — Frédi nem apareceu na praia, acho que ainda está no quarto. Beto já tá com peso na consciência.

Ciro fez um aceno seco e afastou-se com o barco.

— O que deu nele? — perguntou Barril, quando Ciro já ia longe. — Você viu que cara esquisita?

— Ele tem seus motivos para estar assim — respondeu Carol. — Cadê o resto da turma?

— O Beto está por aí catando insetos. E o Guga... Esse pegou a síndrome de iô-iô.

— ?

— Fica indo e voltando em frente aos Bangalôs do Ramiro.

Carol continuava não entendendo nada.

— A Drica está hospedada lá — falou Barril. — Ele tá tentando armar um encontro casual com ela. Mas e o Ciro? O que foi que vocês conversaram até agora?

— Vamos! Eu vou contar o que aconteceu — disse a menina.

* * *

— Uau! Então você leu mesmo o diário do Pirata? — Beto suspendeu os óculos, boquiaberto. Estava sentado com Guga e Barril à sombra de um coqueiro; mal podiam acreditar no que ouviam. O sol se punha quando Carol terminou de narrar a triste história de Ciro e do tesouro.

— E como você sabe que esse tal diário é autêntico? — Guga não sentia confiança na cara horrorosa de Ciro Torto.

— Parecia. E só alguém que viveu todas aquelas coisas poderia descrevê-las tão bem.

— Uma pena — concluiu Barril.

— Por que uma pena? — perguntou Beto.

— Se o diário é autêntico, significa que não há tesouro nenhum por aqui. Ele está numa ilha que tem caverna, não é?

Carol concordou, não escondendo o desânimo.

— Bom, então é melhor deixar essa história pra lá e curtir os últimos dias de praia! — Guga exclamou. — Não aguento mais discussão com o Glauco, resgate de perdidos — lançou um olhar a Carol e Barril —, Ciro Torto e lendas malucas, emburramento do Frédi... Eu vim aqui pra surfar, galera.

Carol não deu atenção a Guga.

— Vou ajudar o Ciro. Quando voltarmos ao continente, procuro um médico e explico o caso.

— Tô nessa também — disse Barril. — Não deve ser difícil achar um olhista.

— Oftalmologista, Barril — Beto corrigiu.

— Ah, tanto faz. O importante é que ele tope operar o Ciro de graça.

* * *

Barril trocou-se para o jantar e desceu com cara intrigada:

— Nem sinal do Frédi. As coisas dele ainda estão no quarto. Muito estranho, não acham?

— Não deixou nem um bilhete dizendo para onde ia? — perguntou Beto, com um fardo de culpa.

— Nada.

— O pai dele deve ter aparecido. Estão dando voltas por aí num iate — falou Guga despreocupado. — Quer apostar, xará?

— Mas ele teria avisado a gente — disse Carol.

— O Frédi é um milionário que não dá a mínima pra ninguém — continuou Guga. — Por que iria nos deixar bilhetes? Principalmente depois da briga que tivemos.

— Mas achei que já estivesse tudo bem. Ele até ajudou na nossa busca — comentou a menina.

— Isso foi ontem. Bastou o pai aparecer e os milhões lhe voltaram à cabeça.

— Como você sabe que o pai dele apareceu? — interveio Beto, com olhar apreensivo.

— Ah, acho melhor irmos jantar. Meu pai e seu Peixoto já estão esperando lá fora. Não se preocupem, o Frédi vai voltar. Nem que seja só para buscar as roupas e os sapatos de 300 dólares.

— Espero que ele ao menos venha se despedir — Barril parecia entristecido.

À mesa do jantar, no Restaurante da Dita, só se ouvia a voz de seu Ademar. Havia apanhado dois peixes de tamanho médio; fora o bastante para contar, orgulhoso e cheio de exageros, a gloriosa pescaria.

— Mestre Túlio aceitou me levar com o barco mais mar adentro. Espero que vocês não tenham se ofendido — voltou-se para o colega. Peixoto havia ficado próximo à costa, no barco de mestre Félix.

— Ademar, entre pescador não tem dessas coisas.

— E como foi a pescaria de vocês? — quis saber seu Ademar.

— Mais ou menos. Hoje, não deu quase nada — respondeu Peixoto.

— Estão vendo, garotos? O negócio é ir mar adentro — explicou seu Ademar cheio de didática, balançando o garfo como extensão do indicador.

Mas, além de Peixoto, ninguém prestava atenção ao que ele dizia. Beto e Barril não tiravam os olhos do pessoal que passava pela praia, tinham esperança de que Frédi aparecesse para o jantar. Carol pensava nos acontecimentos da manhã, como ajudar Ciro na cura do olho, no Pirata e no tesouro que não existia mais. Guga comia polvo, mas o animal que tinha em mente era outro: uma gaivota... tatuada, cruzando o sol. Asas abertas, bela e livre como Drica.

18   UM TELEFONEMA BIZARRO

— E aí? Cadê o Frédi? — Beto perguntou ansioso.

Barril descera as escadas e se juntara aos três amigos para o café da manhã. Seu Peixoto e seu Ademar haviam madrugado e saído para pescar. O penúltimo dia de feriado começava com os feixes de sol atravessando as janelas da pousada.

— Nem sinal dele — respondeu Barril.

— Talvez tenha chegado tarde, quando você estava dormindo. E saiu hoje bem cedinho — sugeriu Beto.

— Impossível! Eu teria notado. As coisas estão no mesmo lugar.

— Vocês estão fazendo tempestade num copo d'água — bradou Guga. — Olhem, o Frédi disse um milhão de vezes que a MaréBoa era uma espelunca, queria ir embora o quanto antes. O pai veio buscá-lo ou ele achou alguém que aceita cartões de crédito e alugou um iate.

— Mas por que não levou as roupas? — questionou Carol.

— Sei lá. Gente rica usa roupa uma vez e joga fora. Passa a geleia!

— Pois eu acho que...

BAAMMM! — O baque assustou todo mundo. Seu Valdo passou pela sala empurrando uma cadeira em seu caminho. Saiu apressado com cara estranha e sem dar bom-dia aos hóspedes.

— Credo! Parece que a bruxa tá solta — falou a menina, limpando a boca no guardanapo.

Guga, Beto e Carol foram para a praia minutos depois, enquanto Barril subiu ao quarto em busca da bola de futebol. Quando a apanhava, ao pé da cama, um ruído agudo soou pelo cômodo.

DidiDidiDi... — vinha da mochila pendurada na cadeira. Barril ficou surpreso: "Será que Frédi não levou nem os celulares?". DidiDidiDi... — "Melhor deixar tocar. Não é pra mim. Vão perguntar pelo Frédi e nem sei dizer onde está. Além do mais, não vou mexer na bolsa dos outros". — DidiDidiDi... DidiDidiDi...

Barril já deixava o quarto.

DidiDidiDi... — "Mas que insistência. Ele não tá, poxa!". — DidiDidiDi... — "Aaah, tá bom vai". Barril voltou. Abriu a mochila e achou o minicelular, ele quase sumia nas suas mãos abaloadas.

— Alô... Aaaalô!

DidiDidiDi... DidiDidiDi... — aquela coisinha que não parava de tocar. O garoto viu um pequeno botão que piscava no canto direito do aparelho. Resolveu arriscar e apertou-o.

— ALÔ! — Uma voz gritou do outro lado. Barril a reconheceu.

— FRÉDI? É VOCÊ? Onde se meteu? Pensei que fôssemos jogar fute...

— Barril, me escute! É sério — a voz do menino tornou-se cochichada e agonizante.

— Mas o que aconte...?

— Me escute... Escute...

— Tá bom, tô escutando! O que houve?

— Fui sequestrado — Frédi falava rápido como se corresse contra o tempo.

— O quê? Isso é brincadeira?

— Sequestrado. Barril, estou preso. Estou preso. Avise minha família. Já tentei ligar pra eles, mas só dá ocupado. Meu pai conhece gente na polícia...

— Mas onde você está? — Barril passou a falar em cochicho.

— O quê?

— Onde você está? Frédi, calma! Para onde levaram você?

— Não sei... Não sei. Foi ontem, colocaram um lenço na minha boca e eu desmaiei, acabei de acordar.

— Mas de onde você está telefonando?

— Estava com um dos celulares no bolso. Escuta, não posso falar mais, você tem que me ajudar, Barril...

— Claro...

— Tem que me ajudar, Barril...

— Tá bom, tá bom, Frédi. Fala o número do seu pai — procurava com afobação uma caneta quando ouviu um ruído do outro lado da linha. Barril teve a sensação de que alguém arrancara o telefone das mãos de Frédi e cortara a ligação. — ALÔ! FRÉDI, ALÔ! — Barril estremeceu. Precisou de alguns segundos até se recompor. Largou, então, o aparelho sobre a cama e correu para a praia à procura dos amigos.

* * *

— Barril, você tem certeza do que ouviu? — disse Carol.

— Quantas vezes preciso repetir? Acabei de falar com ele pelo telefone.

— Mas como assim? Onde ele está? Quem o sequestrou? — perguntou Guga.

— Sei lá. Ele só falou que lhe colocaram um lenço na boca e ele apagou.

— Clorofórmio — concluiu Beto. — E tenho uma desconfiança sobre quem é o sequestrador.

— QUEM? — os outros três falaram em coro.

— Ouvi uma coisa esquisita no dia em que chegamos, era seu Valdo cochichando no telefone. Tive a impressão de escutar as palavras "Frederico" e "sequestro". — Beto viu os amigos se assombrarem, talvez tivesse ido longe demais com a acusação. — Calma, gente! Não tenho certeza, talvez tenha ouvido errado, o barulho do mar encobria a conversa. Não vamos tirar conclusões apressadas.

Por um instante, os três mantiveram os olhares de espanto, mas acabaram concordando. Ainda era cedo para incriminar seu Valdo.

— E você achando que ele havia nos deixado sem se despedir — Carol censurou Guga. — Mas e agora? O que vamos fazer?

— Ele disse para avisarmos a família — respondeu Barril.

— Com certeza já sabem, moçada — afirmou Guga. — Os sequestradores devem ter feito contato para pedir resgate.

— Mesmo assim, acho bom ligarmos pra eles — falou Carol. — Talvez possamos ajudar.

Guga e Barril concordaram. Mas Beto não se deu por satisfeito.

— Esperem um pouco. Se ao menos soubéssemos para onde levaram Frédi... Isso sim seria uma informação importante para a família e para a polícia.

— Estamos numa ilha. Não deve ser difícil de encontrá-lo... — dizia Carol quando, de repente, seus olhos cintilaram. — A FILÓ! Ela pode encontrar o Frédi do mesmo jeito que achou a gente.

— Não — Guga cortou o entusiasmo. — Justamente hoje meu pai a levou na pescaria. Mas a Filó só farejaria o Frédi se ele ainda estivesse na ilha. Vai saber... ele pode ter sido levado para um esconderijo no continente.

— Barril, o que Frédi disse? — questionou Beto. — Não falou como era o lugar onde o prenderam?

— Eu perguntei onde estava. Mas ele não soube responder.

— Você não ouviu nada que pudesse dar uma pista? Algum barulho no fundo, por exemplo: ondas ou o motor de um barco?

Barril se concentrou estreitando os olhos e forçando a memória.

— Não. Não havia ruído nenhum.

— Tente de novo, Barril. É importante — insistiu Beto.

O garoto repassou cada instante da conversa pela cabeça. Todas as palavras, desde o alô até o corte da ligação.

— Sinto muito, gente! Não lembro de nada.

— Bom, talvez nada seja significativo — falou Beto. — A ausência de sons pode ser uma pista.

— Já sei — Guga debochou. — Levaram Frédi para um mosteiro no meio do deserto. Daqueles onde todo mundo faz voto de silêncio, até os passarinhos.

— Vamos nos concentrar no que Frédi disse — exclamou a menina. — Barril, ative a memória. Quem sabe ele soltou alguma coisa que possa ser útil, como: o lugar cheira mal, cheira a peixe...

Barril começava a se estressar com aquele interrogatório e respondeu sem paciência:

— Foi tudo muito rápido. Você acha que o Frédi ia ficar dizendo se o lugar era perfumado? Além do mais, acho que ele estava meio abalado. Deve ser efeito do clorofórmio.

— Como assim?

— Ficava repetindo as coisas em vez de ir direto ao assunto.

— Numa situação dessas todo mundo fica nervoso — afirmou Beto.

— Ou a ligação estava ruim — concluiu Carol. — Às vezes, isso acontece quando ligo para meu tio na Inglaterra. O tele...

— PRONTO! — Barril abriu os braços indignado. — Agora vai dizer que levaram Frédi para a Inglaterra.

Irritada, a menina torceu os lábios. Um instante se passou antes que continuasse:

— Não. Estou querendo dizer que o telefonema pode dar eco e...

Carol, Beto, Guga e Barril se entreolharam. Gritaram uníssonos:

— ECO! A MASMORRA! FRÉDI ESTÁ NO FORTE!

19 **OS SUSPEITOS**

—Ótimo. Agora podemos avisar os pais de Frédi onde ele está — disse Carol.

— Mas como? Ele não teve tempo de dizer o número da família.

— Vamos olhar na pousada, há um livro de registro — Beto teve a ideia. — Os dados de Frédi devem estar anotados lá.

Não havia ninguém na recepção, foi fácil apanhar o livro atrás do balcão. Correram os dedos pelos nomes dos hóspedes.

— Aqui — disse Guga. — Frederico de Alcântara Dornelles Terceiro, o endereço e o telefone no continente.

Carol apanhou o aparelho sobre o balcão e começou a discar.

— Dá aqui, eu que vou falar — Barril puxou o aparelho das mãos da menina.

— Por que você? — perguntou, ofendida.

— Porque fui eu que conversei com o Frédi.

— Deixe a Carol contar primeiro. Depois você fala, Barril — sugeriu Beto. — Ela tem mais jeito e experiência pra essas coisas.

— Experiência? — Barril voltou-se para a menina cheio de sarcasmo e agarrado ao aparelho de telefone. — Quantas vezes você já deu notícia de sequestro na vida?

— Tá bom, Barril. Então fala você — Carol deu-se por vencida. — Mas tome cuidado, uma notícia dessas pode matar os pais do coração.

— Deixa comigo. Tenho psicologia humana — avisou tapando a boca do telefone. Alguém já atendera do outro lado da linha. — Alô, aqui é o Daniel. Mas todo mundo me chama de Barril. Olha, sequestraram o Frédi...

Carol sacudiu a cabeça:

— A sutileza de um jogador de futebol — e já imaginava a mãe do menino tendo um desmaio.

Barril continuou falando com convicção, narrou os acontecimentos da manhã e como haviam descoberto o local do cativeiro. Finalizou dizendo para avisarem a polícia e seguirem imediatamente para o Forte. Desligou orgulhoso de si mesmo.

— E aí? Como foi que reagiram? — perguntou Beto.
— Vão chamar a polícia. Logo estarão aqui. Irão pousar de helicóptero perto do Forte.
— Essa eu não quero perder. Vamos! — bradou Guga.
— Se andarmos depressa, chegaremos à Praia do Ovo rapidinho. Podemos ver o helicóptero lá de baixo, nunca vi um de perto.

Foi o que Guga afirmou e os outros aderiram à ideia. Usando a justificativa de ver a máquina voadora, os quatro deixaram a pousada em marcha acelerada. Mas a verdade era outra. O que realmente queriam ver... era Frédi. Mal podiam esperar para reencontrá-lo. Se alguém afirmasse isso dias atrás, teriam dado risadas: "Imagina, sentir falta daquele esnobe arrogante". Mas o impossível acontecera, Frédi abrira uma brecha em seus corações. Estavam preocupadíssimos com ele. Além do mais, sentiam-se culpados: se tivessem

ficado junto dele no dia anterior, sequestro algum teria ocorrido. Com um pouco de sorte, o piloto pousaria o helicóptero na Praia do Ovo após resgatar o menino; poderiam dar-lhe um abraço. Frédi também ficaria feliz em vê-los, tinham certeza. Sem confessar, mas compartilhando esses pensamentos, os quatro atravessaram rapidamente a Vila dos Pescadores e seguiram o caminho da orla pela Praia Longa.

* * *

— Eu aposto que foi o seu Valdo — falou Guga, sem interromper o passo. — Ele é o sequestrador.

— O seu Valdo é legal — reagiu Barril.

— Você diz isso porque ele te deu carta branca na cozinha — Guga revidou. — Não viram a cara esquisita dele hoje de manhã? Pra mim, aquilo era cara de sequestrador. Além do mais, tem a conversa que você escutou — olhou para Beto.

— Já disse que não sei direito o que ouvi. Não vamos acusar ninguém antes da hora.

— E hoje de manhã ele podia estar preocupado com alguma outra coisa — completou Barril.

— Com o quê, por exemplo? — retrucou Guga.

— Sei lá. Mas pra mim o tal do biólogo é bem mais suspeito.

— O QUÊ!!!? — Beto pasmou. — Você enlouqueceu, Barril?

— Ah, é! Você não se lembra? Quando ele nos trouxe da Praia do Ovo, ameaçou o Frédi. Disse que queria tirar uma coisa valiosa da família, assim podia forçá-los a deixar a ilha em paz.

— Isso foi só maneira de dizer — respondeu Beto. — E, se tivesse mesmo intenção de sequestro, jamais faria ameaças. Levantaria suspeitas. Você está de marcação com o Glauco, só porque ele criticou sua mania de jogar lixo pelo chão.

— Não é por isso — rebateu Barril. — O Glauco não quer a construção do hotel. Ele raptou o filho e, como resgate, vai exigir que o pai desista do negócio.

— Bobagem! — bradou Beto.

— Ele faria qualquer coisa para salvar a ilha.

— Mas não sequestrar uma pessoa.

— Como você sabe? — indagou Carol.

— Ah! E como você sabe que não foi o Ciro Torto? — Beto metralhou.

— O Ciro? A troco do que ele faria isso?

— Muito simples. Para pagar a operação de catarata — concluiu Beto. — A última esperança do homem era o tesouro. Pois bem, ontem ele descobriu que o tesouro não está na ilha; entrou em pânico e resolveu pôr outro plano em ação.

— O Ciro é gente boa — afirmou a menina. Mas havia um pequeno tremor em sua voz. Carol lembrou-se da expressão estranha de Ciro quando Barril comentou sobre a dinheirama de Frédi. Seria Ciro capaz de fazer uma coisa dessas? Ele parecia honesto mas, afinal, ela só o conhecia há dois dias. O que Beto disse fazia sentido, Ciro precisava urgente do dinheiro. "E se tivesse surgido um diabinho e lhe enchido a cabeça de pensamentos perversos?" Carol tentou afastar aquela ideia antes que o mesmo diabinho a jogasse contra Ciro. E então, de repente: um anjinho nocauteou o adversário, Carol abriu um sorriso e exclamou — O Frédi está desaparecido desde ontem. O Ciro tem um álibi, eu estive com ele a manhã toda na choupana.

— Nós não sabemos a hora em que Frédi foi levado — respondeu Guga. — Não o vimos de manhã, mas isso não quer dizer nada. Ele disse que gostava de dormir até tarde. Pode ser que ficou no quarto, ferrado no sono, e só foi sequestrado à tarde.

— Ponho a minha mão no fogo pelo Ciro — falou a menina.

— Sei! Porque ele disse que você tem olhos verdes — Guga ironizou.

— Ele curou a perna do Barril.

— Não seja inocente. Pessoas desesperadas são capazes de qualquer coisa, ainda mais com uma cara feia daquelas — concluiu Guga.

— Ah, então é isso! Só por causa da cara feia — Carol enfureceu-se. — Pois já que chegamos ao tema, então é melhor incluir a Drica na lista dos suspeitos.

— A Drica? Por quê? Cara feia é o que ela não tem.

— Não tô falando de cara feia. Estou falando de inocência.

— Hããã? — Guga franziu a testa e soltou um resmungo que significava "você não está dizendo coisa com coisa".

— É, da sua — continuou a menina. — Você acha que uma moça na idade dela perderia tempo conversando com moleques? Ela pode ter se aproximado de você para obter informações sobre o Frédi.

A indignação subiu à cabeça de Guga, até o aparelho ortodôntico parecia brilhar com ira.

— Pois saiba que nós nem tocamos no nome do Frédi — respondeu com o rosto enrijecido.

— Tem certeza? Ficou tão abobado quando conversou com ela que nem deve se lembrar mais.

— Nosso papo foi sobre surfe, mar, velejar... Coisas que você não entende.

— É?... E você contou pra ela que vomita toda vez que põe os pés num barco? — disparou Carol, cheia de farpas na língua, enquanto Guga ficava vermelho de raiva. — Ou será que eu mesma terei que contar?... Ah! E tem mais — prosseguiu Carol —, pelo que eu saiba, essa tal Drica não tem álibi. Você passou o dia pastorando os Bangalôs do Ramiro e nem sinal dela.

Guga estava furioso e não era só com Carol. O gordo fofoqueiro não tinha nada que ter espalhado pra todo mundo sobre sua "caminhada casual" defronte aos Bangalôs. Encarou a menina bem de perto e disse cinicamente:

— Carol, já sei por que o Ciro achou que seus olhos eram verdes. É a catarata, ele não enxerga direito... Ah, mas pensando bem, seus olhos são verdes. Sim, claro. Como não percebi?... VERDE-ABOBRINHA, como essas que você está dizendo — e foi o toque na ferida.

— *YOU STUPID! BRAINLESS! IRONTOOTH...*

Mas o que Guga não entendia não lhe doía. Arrumou o boné com um sorriso mordaz:

— O mesmo pra você. E estão muito mal informados, vocês nem fazem ideia de onde estive ontem. Apaga o grilo, Carol. Mina gema-dura, segura tua onda e sai de banda, xará.

E como nenhum dos dois sabia o que o outro queria dizer, a discussão acabou por falta de entendimento.

A verdade era que Guga não havia passado mesmo o dia todo à espera do encontro casual. Grande parte dele talvez, porém não o dia todo. O garoto não contara a ninguém, mas estivera no ateliê do Jeca Tatoo. Conversara quase meia hora com o homem, viu fotos de seus clientes tatuados e satisfeitos. Ficou namorando os desenhos e evitando olhar as agulhas. Chegou até a discutir o preço de uma gaivota e um sol. Disse ao Jeca que iria pensar e saiu de lá com uma encruzilhada na cabeça. Precisava se decidir antes de o feriado acabar.

— Olha, gente — disse Beto ao final da Praia Longa —, o sequestrador pode ser qualquer um...

— Ou qualquer uma — corrigiu Carol e olhou Guga de viés.

— ... Ou qualquer uma. Pode ser o seu Valdo, Ciro Torto, a Drica — continuou Beto.

— E o Glauco — lembrou Barril.

— Tá bom! ... E o Glauco. Mas pode ser também alguém que nem conhecemos. Um turista, um pescador. Há uma porção de gente nesta ilha.

— Você tem razão, não adianta especular — Barril concordou. — E saberemos logo quem é o bandido — apontou os rochedos que separavam a Praia do Tronco da Praia do Ovo. — Estamos quase lá.

Com as pernas exaustas da corrida, atravessaram a formação rochosa. Em poucos minutos, atingiam o outro lado e saltavam sobre a areia da Praia do Ovo.

* * *

Protegeram os olhos da claridade e olharam desfiladeiro acima. Mas não viram nada, nem sinal de helicóptero, polícia e pai de Frédi. Só um silêncio ritmado pelo vaivém das ondas.

Carol fez uma expressão intrigada:

— Ué? Cadê a polícia? Será que já foram embora com o Frédi?

— Impossível — respondeu Beto. — Uma ação de resgate não pode ser tão rápida assim. Provavelmente, ainda nem chegaram.

— Mas eu pensei que o pai de Frédi fosse um cara influente — afirmou Guga. — Daqueles que dá um telefonema e mobiliza toda a polícia num instante.

— Pobre Frédi. Deve estar com fome, com medo. A polícia deveria agir mais rápido... Será que o pai dele não levou a gente a sério? — suspeitou Carol. — Afinal, Barril, o que foi que ele disse?

— Sei lá. Eu não falei com o pai dele.

— Não? Com quem você falou?

— O pai não estava, falei com o mordomo. Acho que era o cara de casaca, o que acompanhou Frédi até o barco quando viemos para a ilha.

— E o que ele disse?

— Que tomaria as providências, iria avisar o pai, a polícia. E que viriam de helicóptero pra cá.

— Pois pra mim ele está demorando muito para tomar essas providências — reclamou Carol.

— O Jarbas falou que agiria o mais rápido possível — respondeu Barril.

— Só espero que ele saiba dar a notícia à família com um pouco mais de jeit... — Carol viu surgir uma expressão de horror no rosto de Beto. — Por que essa ca...?

— O que foi que você disse, Barril? — Beto se antecipou.

— Hããã?

— O que foi que você disse? — Beto estava ávido pela resposta.

— Que o mordomo tomaria as providências.

— Não! Depois disso.

— Que ele agiria rápi...

— O nome? Qual é o nome do mordomo?

— Jarbas! Mas por quê...?

— Você tem certeza?

— Tenho. Foi assim que ele disse que se chamava. Qual o problema agora? Isso por acaso é nome científico de algum bicho, é?

— GENTE! — gritou Beto, abalado. — Foi esse o nome que ouvi na conversa cochichada de seu Valdo. Ele falava no telefone com um tal de Jarbas.

Um assombro formou-se nos rostos. Passaram-se alguns instantes antes que Barril dissesse:

— Talvez fosse um outro Jarbas.

— Não é um nome comum. Seria muita coincidência Frédi ter um Jarbas como mordomo e seu Valdo conversar também com um Jarbas sobre sequestro.

— Você disse que não tinha certeza do que ouviu.

— Mas agora tenho; as coisas se encaixam.

— CLARO! — concordou Carol. Os fatos adquiriam sentido em sua cabeça também. — Só pode ser o seu Valdo, ele é muito suspeito. Ele não fala com o sotaque dos pescadores daqui. E outro dia, na pousada, conversou em alemão com um casal de turistas. Onde um simples pescador, dono de pousada na beira da praia, teria aprendido alemão? Pra mim, ele pertence a uma quadrilha internacional e o Jarbas é um dos cúmplices. Quem melhor que o mordomo para passar as dicas sobre a família e ajudar a montar o esquema do sequestro? E, pensando bem, seu Valdo não se veste como pescador; mestre Dimas, sim. Seu Valdo se veste como alguém que tenta imitar um pescador. Alguma coisa nele não é original, não é de verdade. Só não reparamos antes porque não tínhamos motivos para suspeitar dele.

Guga, Beto e Barril assentiram. E agora tudo parecia ter lógica; Carol estava certa, seu Valdo era uma farsa da cabeça aos pés.

— Além do mais — prosseguiu a menina, determinada —, existe até uma razão literária para desconfiarmos desse Jarbas.

Os três garotos se entreolharam com uma interrogação estampada nos rostos.

— Nos livros de mistério, quando não se tem culpados, o suspeito é sempre o mordomo — Carol fechou o raciocínio satisfeita consigo mesmo.

Foi preciso alguns segundos até que todos organizassem a nova teoria na cabeça. Então, Guga deu um tapa na testa e gritou.

— GALERA, fizemos a maior besteira do mundo... Contamos ao cúmplice de seu Valdo que sabemos do sequestro. Claro que o Jarbas não vai chamar a polícia como prometeu. A essa altura já ligou para seu Valdo e avisou sobre nosso telefonema. O Frédi está numa fria e nós também.

— E agora? — Carol entrou em pânico. — Precisamos fazer alguma coisa, rápido. *Now!* Há um Posto Policial na Vila dos Pescadores. E se corrermos até lá?

— Pode esquecer — Beto parecia aflito. — O posto está sempre fechado. Nunca aconteceu um crime na ilha. Os guardas ficam patrulhando a costa. Procuram botes acidentados, essas coisas. O Glauco me falou.

— Então vamos ligar para a polícia do continente — disse Carol.

— E voltar até a Vila dos Pescadores para telefonar!? Perderemos um tempão, moçada. — Guga, agoniado, rodou aleatoriamente o boné na cabeça até que ele voltasse à posição inicial. — E duvido que acreditem na gente. A polícia não vai botar fé numa história de garotos.

— Mas temos que fazer alguma coisa. Não podemos ficar parados vendo tudo isso acontecer — Barril bradou e apontou o desfiladeiro. — Frédi está lá em cima, correndo perigo. Precisamos ajudá-lo.

Os quatro se entreolharam. Não trocaram uma palavra, mas a decisão fora tomada.

20 ESCALADA DO PERIGO

— Você vai na frente — disse Guga.

— AAAH! Por que agora eu posso ser o primeiro? — Barril indignou-se e pôs as mãos na cintura.

— Muito simples. Porque as pedras que aguentarem seu peso aguentarão o nosso também.

— É? E se elas não aguentarem? — rebateu o garoto.

— Aí você procura cair no macio... Não sendo em cima de mim...

Barril olhou o desfiladeiro que tinha pela frente. Respirou fundo e escolheu o melhor lugar para iniciar a subida. Seus amigos observaram com atenção quando ele saltou da primeira para a segunda pedra, depois para a terceira; procurou apoio e, no instante seguinte, estava se equilibrando a três metros do chão, no alto de uma rocha grande e pontuda. Olhou para os lados, procurou um vão para amparar o pé e pulou mais meio metro acima. Carol, Beto e Guga iniciaram a escalada seguindo o mesmo trajeto.

Barril achou os primeiros metros da subida bem difíceis, mas mal sabia o que estava por vir. Colado ao paredão, como que atropelado por um rolo compressor, ele via o desfiladeiro tornar-se cada vez mais íngreme e escorregadio, um misto impiedoso de rocha e terra.

Cada centímetro acima era trabalhoso e demorado, uma luta de sobrevivência. E um longo tempo se passou antes que Barril conseguisse vencer metade da subida, estava a quarenta metros de altura. Foi aí que deu com uma rocha lisa feito sabão. O garoto suspendeu os braços acima da cabeça e procurou um encaixe para a mão. Ficou feliz ao achar uma fenda mas, de repente, ouviu um grito estrangulado — parecia gente.

Barril havia incomodado o repouso de uma gaivota. O pássaro bateu as asas afobado e voou. O garoto tomou um susto e perdeu o equilíbrio, a perna escorregou. Pedregulhos se desfizeram sob seus pés e despencaram morro abaixo.

— CUIDADO! — Carol gritou.

Barril se agarrou aflito a uma planta, não mais que um maço de capim brotando entre as rochas. Ficou pendurado nele enquanto os amigos abaixo tinham o coração na garganta.

Barril segurava firme, pensando quanto tempo aquela plantinha podia aguentar o peso de um elefantinho. Deve-

O garoto tomou um susto e perdeu o equilíbrio, a perna escorregou...

ria ter ouvido sua mãe e não ter comido tanta lasanha no domingo passado.

— BARRIL! Apoia o pé na pedra. Rápido! — Beto bradou.

— Joga a perna direita pro lado e pisa na pedra — esganiçou Guga, que estava na linha de queda de Barril. — VAI LOGO!

Barril esperneou à procura do apoio para os pés. A planta ameaçou ceder e houve um estalo de raiz se quebrando.

— A direita! Não! A perna direita! DI-REI-TA! — Guga berrou.

Barril tentava fazer o que Guga ordenara. Mas, no desespero, nem sabia mais que lado era qual. Esticou uma das pernas com tanto esforço que teve a impressão de sentir ela crescendo alguns centímetros à procura da rocha prometida.

Mais um "creck". A raiz estava por um fio quando Barril, finalmente, sentiu uma pontinha de chão embaixo de seu pé. Jogou todo o peso do corpo naquela direção. Conseguiu equilibrar-se sobre a pedra no momento exato em que a planta salvadora deu o último suspiro de vida e se partiu.

Com pernas frouxas, Barril olhou para baixo e se deu conta do que se safara. A praia estava minúscula. Lembrou-se do tombo dias atrás e da contusão na canela, multiplicou o estrago por mil. Então, agradeceu e beijou o maço de capim que tinha na mão.

— Ufa! Essa foi por pouco — falou Beto. — Ele podia ter morrido.

— E eu também — completou Guga, aliviado.

Após alguns minutos, recuperado do susto, Barril reiniciou a escalada. E ela surpreendeu o garoto. Pois, quase como bônus pelo terror vivido, os próximos metros não eram difíceis. A distribuição das rochas colaborava com a subida. Barril ganhou altura com agilidade, sentindo-se o dono da montanha. Chegou ao topo ofegante, mas cheio de glória:

— PODEM VIR QUE É FICHINHA!

Guga, pregado ao penhasco e não olhando para baixo, soltou um resmungo:

— Primeiro quase cai. E agora fica aí... se exibindo.

— Vem, Carol — Barril deu as coordenadas com ares de alpinista profissional. — Isso, pisa naquela pedra, a grande. Pode pisar que é firme. Vem você também, Beto. Isso! Por aqui. Pronto! Agora, me dá sua mão — Barril ajudou a menina a dar o último passo penhasco acima.

Carol bendisse o chão ao atingir a segurança do topo. Beto, que chegou em seguida, se recostou na muralha do Forte, nunca imaginara que terra plana pudesse ser tão confortável.

— Da próxima vez eu pego o elevador — ofegou Guga, o último a chegar. Apoiou as mãos no joelho tentando se recompor.

— Nada de descanso, pessoal. Ainda temos que salvar o Frédi. Vamos! — ordenou Barril e saiu na carreira.

Guga gemeu. Estava começando a achar que fazer uma tatuagem não seria nada comparado àquela manhã.

* * *

Pé ante pé, cruzaram a entrada do Forte e esticaram a cabeça pátio adentro. Nada, tudo quieto.

— Frédi tem que estar lá — Carol apontou a direção da masmorra.

— Então vamos. Mas não façam barulho — disse Beto.

Colados à muralha, seguiram em fila até a escada em caracol. Olharam receosos ao redor e começaram a descê-la devagar, com o peito em taquicardia. A penumbra e a curvatura da parede não permitiam ver os próximos metros. A escada, outrora inofensiva, se transformara em serpente aliada ao inimigo. Escadaria abaixo estava sendo pior que desfiladeiro acima.

Guga estancou nos últimos degraus.

— O que foi? — cochichou Barril.

— Acho que ouvi alguma coisa — respondeu num fio de voz.

Cheios de assombro, conseguiram chegar à porta da masmorra, ela estava entreaberta. Os garotos se esticaram. Formaram, pegados ao batente, uma fileira de quatro cabeças em linha vertical. E, apesar da semiescuridão, viram o que se passava dentro do aposento.

21 *A VERDADE VEM À TONA*

A imagem confirmou o que já sabiam, mesmo assim lhes causou espanto e náusea. Frédi estava amarrado e desacordado sobre um saco de dormir. E o pobre garoto não estava só. Agachado a seu lado, um homem apertava o nó que lhe atava os pés: seu Valdo.

Os meninos estremeceram. Precisavam de um plano, antes que o bandido virasse de lado e os visse por ali. Os olhos de Carol procuraram os de Barril e seus pensamentos tomaram o mesmo rumo. A estratégia, elaborada na choupana de Ciro, lhes voltou à cabeça como uma flecha. Apanharam dois galhos grossos caídos pelos degraus e caminharam cautelosos. Seu Valdo nem notou a aproximação:

TUUUMMM — num golpe duplo e certeiro, Carol e Barril atingiram a cabeça do velho. Ele cambaleou e caiu no chão feito um saco de batatas.

* * *

— Frédi! Acorda! — Barril batia no rosto do menino caído no chão. Carol, Beto, Guga e Barril o haviam carregado para fora da muralha, próximo à entrada do Forte.

Frédi soltou um resmungo e ameaçou abrir os olhos, protegeu-os da claridade com a mão.

— Ele está voltando a si — Carol se entusiasmou.

— Hã! O que aconteceu?... Quem me sequestrou?

— O seu Valdo. Mas nós o derrubamos — contou Guga. — Ainda está desmaiado na masmorra.

— Mas como?... O que vocês estão fazendo aqui?... Cadê meu pai, a polícia? — Frédi passou a mão pela cabeça. Tentava recobrar os sentidos.

— Nós ligamos para o seu pai, mas quem atendeu foi o Jarbas, o seu mordomo — falou Beto. — E ele é cúmplice do seu Valdo, eu ouvi a conversa dos dois pelo telefone.

— O quê? O Jarbas?... — Frédi parecia confuso. — Não pode ser.

— É, sim. Explicamos tudo pelo caminho. Vamos, levanta! — disse Barril.

— Esperem! Mas por que vocês se arriscaram pra me salvar?

Carol, Beto, Guga e Barril emudeceram, a verdade hesitava em seus lábios. Segundos depois, Barril abriu os braços num gesto impaciente:

— ORAS, por quê?... Porque o time de futebol tava desfalcado.

Frédi sorriu. Sabia que Barril estava mentindo. Foi invadido por uma sensação boa. Não era mais rejeitado pelo grupo. E finalmente tinha amigos de verdade e não gente interessada em seu dinheiro. Levantou-se e envolveu os quatro num abraço forte sem vontade de soltar.

— Tá bom, Frédi! Já chega — resmungou Guga, que estava sendo esmagado entre Beto e Barril. — Vamos logo! Temos uma caminhada pela frente. E desta vez iremos pela trilha. Eu me recuso a descer aquele abismo... — num sobressalto o menino perdeu a fala. Todos se voltaram e viram seu Valdo saindo da Fortaleza. Veio cambaleando, com sangue escorrendo pela testa.

Barril apanhou uma pedra no chão e ameaçou:

— Não se aproxime! Desta vez vamos bater com força.

O homem não lhe deu ouvidos. Tinha os olhos vidrados em Frédi e caminhava em sua direção.

— Deixe ele em paz — gritou Beto. — É nosso amigo. Somos cinco contra um, velho traidor.

Seu Valdo aproximou-se de Frédi e quis tocá-lo. O garoto se esquivou enquanto o homem caía de joelhos e em prantos.

— Não adianta chorar — avisou Guga. — O senhor vai pra cadeia junto com o Jarbas. Já sabemos que ele é cúmplice.

O velho olhou para Frédi e chorou feito criança. Não parava mais. E foram tantas lágrimas que Carol sentiu um fiapo de compaixão por aquela criatura:

— Seu Valdo, por que fez isso? — ela disse.

— Isso o quê? — falou entre soluços.

A menina se indignou. A pergunta era uma ofensa à sua inteligência.

— SEQUESTRAR O FRÉDI, ora essa!

Com os olhos inundados, o velho respondeu.

— Mas por que eu sequestraria... meu próprio neto?

— ?????

— Por que faria isso? — e seu Valdo chorou de novo.

"Que tipo de mentira era essa, agora?", pensaram os garotos. "Talvez um truque baixo para ganhar tempo!", e olharam o bandido com repulsa.

— Frederico, você podia ter morrido — balbuciava o velho —, podia ter morrido... Eu já devia ter lhe contado antes, desde quando chegou à ilha. Mas faltou-me coragem. Você era tão esnobe, achei que não ia querer um avô como eu.

— MEU AVÔ MORREU HÁ ANOS — gritou Frédi, cheio de rancor.

— NÃO! Ele está vivo. SOU EU!

Guga aproximou-se de Carol e Barril, e cochichou:

— Acho que vocês bateram muito forte — girando o indicador perto do ouvido para mostrar que o velho estava biruta.

— Acreditem em mim — implorou seu Valdo. — Por favor...

Naquele momento, Frédi se deu conta de que nada sabia sobre o avô. Em casa, ninguém tocava no assunto, por isso achava que ele estivesse morto.

— Seu pai e eu cortamos relações há muito tempo — falou o velho. — Você ainda era um bebê. Ele não aceitou minha decisão de trocar a gravata por um chinelo de praia. Chamou-me de louco, esclerosado. Mas não posso culpá-lo, fui eu quem o criou assim. Passei a vida só pensando em dinheiro, construindo prédios, hotéis, trabalhando feito um louco, a única coisa que ensinara a meu filho foi como acabar com a concorrência.

Os rostos dos garotos eram só descrença. Aquela história não convencia a nenhum deles. Pelo contrário, fazia aumentar sua ojeriza àquele criminoso.

— Só depois que sua avó morreu, percebi que tinha esquecido de viver, de dar atenção à família — seu Valdo fez uma pausa e enxugou os olhos com as mãos. — Então, resolvi abandonar os negócios. Queria tranquilidade, passar mais tempo com meu neto que acabara de nascer... Aconselhei seu pai que fizesse o mesmo, que aproveitasse a vida e o filho lindo que tinha. Mas ele não me ouviu, disse que eu havia caducado e quis me pôr num hospício. Falou que, se dependesse dele, eu jamais voltaria a vê-lo e que estava riscado da família. E você, Frederico, nem tomaria conhecimento da minha existência. Seria uma vergonha ter um avô pescador. Desde então, não nos vimos mais. Ele continuou trabalhando nas empresas e eu vim para a Ilha do Dragão atrás de uma velhice melhor.

— Pare de inventar mentiras! — esganiçou Barril. — Não somos idiotas pra cair nessa. E se queria abandonar os negócios, então por que é dono de uma pousada, hein?

— Não são mentiras — disse o velho. — Suplico que acreditem em mim... Eu me encantei com o pessoal da ilha; logo fiz amizade com todos, principalmente com o Dimas. Mas, alguns anos depois, houve um acidente e ele perdeu o barco de pesca. Era o sustento do pobre homem. Tive pena dele, sugeri que abríssemos uma pousada, mas com uma condição: que fosse uma coisa simples, nada de luxo, nada de correria, diferente dos hotéis que já tinha construído. E foi assim que nasceu a MaréBoa.

Seu Valdo não chorava mais. Só um ou outro soluço interrompera a narrativa.

— O nome do meu avô era Frederico de Alcântara Dornelles, como o meu. Você se chama Valdo sei lá do quê — disparou Frédi.

— Quando cheguei aqui, tive medo de me apresentar às pessoas com meu nome verdadeiro. Poderiam saber quem eu era e não me tratariam com naturalidade. Valdo foi o primeiro nome que me passou pela cabeça. Uma abreviatura: "al" de Alcântara e "do" de Dornelles.

— AH, É!? — Carol sentiu um triunfo, pegara o velho na mentira. Disse com sarcasmo: — Então, por que "v" ao invés de "f"?

— Foi uma homenagem a minha esposa. O nome dela era Vanda.

Frédi teve um sobressalto. "Como o bandido sabia o nome de sua avó?"

Seu Valdo pôs a mão no bolso. Todos se esquivaram, achando que pegava uma arma; mas puxou apenas a carteira. Tirou dela a cédula de identidade e entregou-a a Frédi. Os olhos do garoto estarreceram ao ler o documento. "Mas como?... Aquilo devia ser uma falsificação."

— Ah, Frederico! Que bom que está são e salvo. Quase morro de preocupação — exclamou o velho. — Há algumas semanas seu pai me telefonou. Foi a primeira vez que nos falamos depois de anos. Acho que o tempo fechou as feridas e rasgou o orgulho dele. Falou que queria se reconciliar e que para isso faria duas coisas. A primeira era lhe contar que tinha um avô e deixá-lo vir aqui me visitar. A segunda, ele disse que era surpresa, que eu saberia em breve e que iria adorar. Nem quis perguntar o que era essa segunda coisa, para mim já bastava rever meu neto, a alegria da minha vida.

Os garotos estavam começando a ficar confusos, tinham que admitir que seu Valdo era um bom ator.

— Pedi a seu pai que não lhe revelasse ainda sobre mim — prosseguiu seu Valdo. — Foi uma ideia boba, mas é que eu mesmo queria lhe contar, ver seu rosto, estar presente para lhe dar um abraço. Talvez tenha sido um erro pois, antes sequer de você descer da barca, percebi que seria difícil lhe expor a verdade. Você odiava tudo nessa ilha, inclusive eu. Tive, então, a ideia de colocar você e o garoto simpático no mesmo quarto, achei que lhe faria bem — Barril estufou o peito e ergueu as sobrancelhas, começava a acreditar na história do velhote. — Talvez fizesse amizade com essa turma de garotos. O Jarbas havia dito que você não tinha muitos amigos...

— Então o senhor confessa que conhece o Jarbas? — fuzilou Beto.

— Claro! Ele trabalha com a família há mais de trinta anos. Nos telefonamos com frequência. A última vez foi no dia em que chegaram à ilha, ele estava preocupado e falou sobre o perigo de sequestro, parece que havia visto um carro rondando a casa ou algo assim... — fez uma pausa. — O Jarbas sempre me diz como vão indo as coisas, conta de você e até me manda fotos — seu Valdo sorriu e puxou um papel da carteira.

Um pequeno Frédi, sem dois dentes de leite, apareceu em 3 x 4. Frédi viu a foto e, lembrando-se de seus dias de banguela, deixou que um retalho da tensão se dissipasse. Como o velho, o garoto riu levemente.

E nesse momento, num raio cortante, a verdade surgiu diante de Carol, Beto, Guga e Barril: "Meu Deus! Frédi e seu Valdo, ali sorrindo um defronte ao outro... Parecia uma imagem duplicada. Os sorrisos eram idênticos! Como não haviam reparado nisso antes? E a semelhança se estendia aos olhos, nariz, testa, ombros, tudo. Seu Valdo era Frédi dali a cinquenta anos, um reflexo de espelho envelhecido, fotocópia! Não havia dúvidas, aqueles dois eram parentes". Beto lembrou-se ainda do encontro com o Angaturama e o misterioso *déjà-vu*: a risada sem graça de Frédi era a mesma que vira em seu Valdo, horas antes na pousada, quando este falava com o casal de alemães.

— Hoje de manhã recebi um telefonema — prosseguiu o velho. — Alguém dizia que havia sequestrado você e me pedia um resgate de 213 800 dólares. Não sei como esse alguém sabia que era meu neto. Mas falou para eu trazer o dinheiro até o Forte, sem polícia. Quase morri do coração! Eu não tinha a quantia comigo; no desespero, apanhei meu talão de cheques e corri para cá pela trilha, a mesma que vocês fizeram outro dia. Existem atalhos que dão no Forte, teria sido mais rápido vir por um deles, mas tive medo de me perder, pois não os conheço tão bem como o Dimas. Quando cheguei, não vi ninguém. Procurei pelas ruínas e encontrei você na masmorra. Estava desamarrando seus pés quando me bateram na cabeça.

Carol e Barril trocaram olhares de esguelha. O garoto disfarçou e jogou fora a pedra que tinha na mão.

— Eu estou tão feliz que nada lhe aconteceu... — o homem abaixou a cabeça e calou-se. Parecia não ter mais palavras, tinha posto pra fora tudo que o atormentava.

Frédi estava pálido, tentava arranjar as ideias na cabeça. Houve um instante de silêncio que pareceu interminável, uma agonia tomara conta de todos. Então, Frédi abriu um sorriso e bradou:

— Quem está feliz sou eu. Tirei a sorte grande. Num só dia ganhei um avô e quatro amigos — atirou-se nos braços do velho.

Foi uma cena comovente, um abraço demorado, com a ternura de anos de espera. Carol encheu os olhos d'água. Os meninos, que consideravam choro fraqueza de menina, desviaram a vista e Guga apressou-se antes que as lágrimas lhe brotassem:

— Gente, depois vocês se apertam. Vamos indo!

E já iniciavam a caminhada quando Beto franziu a testa e disse:

— Espera aí! Se seu Valdo, quer dizer, o seu Frederico é o avô de Frédi... Então quem é o sequestrador?

A resposta surgiu de trás do muro da Fortaleza. Veio em direção ao grupo com um revólver na mão. Não era Drica, Ciro Torto nem Glauco, mas todos já o conheciam.

22 ACERTO DE CONTAS

— SEU PEIXOTO? O que o senhor está fazendo aqui? — Guga e os outros estavam surpresos.

— Vim buscar o que é meu — respondeu acidamente. Cadê o dinheiro? — apontou a arma para Frederico-avô.

Ninguém acreditava no que via. Foi um tapa na cara e um soco no estômago.

— Seu Peixoto... O senhor é amigo do meu pai...

— Não se preocupe, garoto. Seu pai não tem nada a ver com isso — disse sem tirar os olhos do Frédi I. — Agora me dê o dinheiro, velho vigarista. Ouvi seus lamentos dali de trás do muro. Está querendo bancar o vovô bonzinho, mas você não vai me comover.

— Meu avô não é vigarista — Frédi gritou.

— É, SIM.

— Escute, Peixoto — começou o avô —, não sei do que está falando, mas vamos resolver isso sozinhos, deixe os meninos irem...

— Cale a boca!

— Seu Peixoto — balbuciou Beto —, por quê? O senhor não pode ser um criminoso.

— Preciso do dinheiro para a loja de pesca, menino. E criminoso é esse aí — apontou Frédi I com a arma.

— Pare de ofender meu avô. Você é que é mau-caráter, foi você quem me raptou... por ganância.

— Isso não é ganância, moleque. É cobrança de dívida — bradou convicto. Peixoto viu os rostos atordoados que o observavam. Frédi III era quem parecia mais confuso. — ... É uma longa história. Se a conhecessem, me dariam razão.

Barril estreitou as pálpebras e bradou:

— Que absurdo! Nunca lhe daremos razão. Sequestrou nosso amigo. Devia ir pra cadeia, BANDIDO MENTIROSO.

As palavras de Barril causaram efeito. Foram como um desafio a Peixoto. O homem aspirou profundamente, fitou o grupo e concentrou seu olhar em Frédi III.

— Garoto, talvez você mereça mesmo saber por que foi sequestrado. Mas se prepare para o que vai ouvir... Quando eu terminar, irá se arrepender de ter nascido na família desse crápula.

Houve um silêncio pesado antes de Peixoto prosseguir.

— Meninos, eu já tive uma loja de pesca. Foi há tempos, quando era moço. Uma beleza: a loja na frente e nossa casa no fundo. Consegui abri-la com suadas economias.

Os olhos de Peixoto brilharam em nostalgia e havia até um sorriso em seus lábios.

— Mas minha alegria durou pouco — e o riso desapareceu. — Meses depois, recebi uma ordem de despejo. Um empresário, um tal de Frederico de Alcântara Dornelles, queria desapropriar o lugar e fazer um prédio para grã-finos. O salafrário tinha o apoio da prefeitura e nos pagaria só uma bagatela de indenização. Eu fui falar com você — encarou Frédi-avô cheio de ira —, implorei que poupasse meu negócio, ou pelo menos que me pagasse um preço justo; você me pôs pra fora de seu escritório feito um cachorro vira-lata. Dias depois, tudo foi demolido, sem dó, a loja e a casa onde morávamos. Ficamos no olho da rua, não nos sobrou nada — fez uma pausa —, só meu ódio por você.

Frédi olhou o avô. Queria que ele negasse tudo. Mas no rosto do velho só havia embaraço e palidez. O neto se entristeceu; acabara de conhecer seu ancestral; gostaria de sentir orgulho dele, porém não conseguia.

— Pensei em reabrir a loja em outro lugar — prosseguiu Peixoto. — Mas a miséria que você pagou não deu nem para meia dúzia de anzóis. Comecei a fumar de nervoso e tive que aceitar os piores empregos para sustentar minha família. Só muito depois foi que arrumei um trabalho decente. Estou nele até hoje, mas nunca me senti realizado.

— Peixoto — Frederico-avô vasculhara a memória e lembrara-se do episódio —, sinto mui...

— Fique quieto! — respondeu bruscamente. — Não quero ouvir suas desculpas, quero o que me deve. Fiz as contas do valor real da loja e da casa naquela época, somei às despesas com médico para minha mulher que adoeceu de desgosto quando tudo aconteceu; mais os milhares de maços de cigarro que fumei por sua causa. Deu 213 800 dólares, e é só o que exijo; nem um tostão a mais do seu dinheiro imundo.

Os garotos estavam confusos com o novo rumo do sequestro. Não conseguiam entender: como Peixoto podia ter sequestrado Frédi bem debaixo de seus narizes? E como podia conhecer o parentesco entre seu Valdo e o garoto? Por isso, Beto não resistiu e perguntou:

— Mas como o senhor sabia que ele era avô do Frédi?

— Ano passado, vim à ilha para pescar num feriado. Quando cheguei aqui, logo o reconheci. Lá estava: Frederico de Alcântara Dornelles, o empresário que destruiu minha vida, agora vivendo como seu Valdo, andando de calção e se passando por um pescador boa-praça. Voltei para o continente com uma ideia fixa na cabeça: conseguir de volta o dinheiro que ele me devia.

— Descobri o endereço da família e comecei a sondar a casa dos Dornelles. Logo vi que nela morava um menino, a terceira geração. Então fiz amizade com o motorista e convidei-o para assistir à final do campeonato; conversa vai, conversa vem, arranquei dele a informação de que precisava: o garoto viria passar o feriado na ilha. Era o momento ideal, sequestraria o neto bem debaixo da asa do avô.

Seu Peixoto contava aquilo orgulhoso. Parecia satisfeito com sua elaboração criminal. Fixou, de novo, os olhos em Frédi III e disse:

— Foi uma surpresa quando percebi que você não sabia que ele era seu parente. Porém isso não fazia diferença para os meus planos. Já queria ter sumido com você logo no começo. Mas ele pôs você no mesmo quarto que o bolota ali — e apontou Barril com a cabeça.

Barril, que até então tinha cara de assombro, trocou de fisionomia. Entreabriu a boca indignado; podiam lhe apontar uma arma... mas chamá-lo de bolota..."Francamente!".

— Você fez amizade com a turma do filho do Ademar — continuou Peixoto. — Andava com eles pra cima e pra baixo. Precisei esperar o momento adequado. E ele chegou. Você brigou com seus amigos. Ontem, nem desceu para tomar café, eu sabia que estava sozinho no quarto.

— Não pode ser — afirmou Guga. — Ontem o senhor saiu para pescar com meu pai.

— Não. Seu pai foi para o alto-mar, no barco do mestre Túlio. Eu mesmo dei a sugestão, disse que pegaria mais peixes se afastando da costa e que eu ficaria no barco do Félix. Em vez disso, voltei correndo à pousada. Entrei no quarto sem fazer barulho e apaguei o menino com clorofórmio. Carreguei-o até o Forte tomando um atalho que já conhecia do ano passado, um caminho pouco usado e sem turistas. Quando ele começou a voltar a si, dei-lhe um sonífero bem forte. Sabia que dormiria até o dia seguinte.

— Mas... hoje? — gaguejou Frédi-avô. Estava perturbado com tudo que ouvira. — Eu vi... Eu vi quando você e Ademar deixaram a pousada... Foram pescar...

— Hoje de manhã sugeri ao Ademar que nos separássemos outra vez. Também falei que levasse a cadela junto. Tive medo que ela farejasse o esconderijo do menino como fizera com os dois — e olhou Carol e Barril. — Disse a Ademar que cachorro dava sorte em pescaria. Ele, que não entende nada de pesca, acreditou. Depois, dei o telefonema pedindo o resgate e vim correndo para o Forte. O garoto acabara de acordar e estava falando no celular. Cheguei por trás, cobri-lhe o nariz de novo com clorofórmio e arranquei-lhe o aparelho. O resto vocês já sabem.

Seu Peixoto voltou-se para Guga:

— Olha, garoto, só estou explicando tudo isso porque gosto de seu pai. Não quero que ele e vocês pensem que sou um bandido qualquer. E quanto a você, Frédi... sinto muito, não foi nada pessoal, meu acerto de contas é com seu avô... Mas agora chega de falatório — engatilhou a arma e engrossou a voz. — Cadê o dinheiro?

E, nesse instante, um ruído encheu o céu. Peixoto ergueu a cabeça e viu um helicóptero da polícia se aproximando. Barril aproveitou a distração e saltou pra cima dele com o punho cerrado.

— Isso é por você ter me chamado de bolota — gritou, enquanto Carol, Beto, Guga e Frédi também se jogavam à luta.

Formou-se um aglomerado de pernas e braços. O bolo de seis pessoas rolou pelo chão. A poeira subiu e ninguém mais via ninguém. Foi um alvoroço: "Aiii, minha perna", "Tome isso, seu pilantra", "Sai pra lá", "Solta, Barril, é meu cabelo", "Cuidado, a arma"...

PAAA! — um ruído abafado cessou a gritaria, fora um tiro à queima-roupa. Os garotos se encheram de pavor, alguém tinha sido baleado. Um a um, puseram-se de pé; a primeira

Frédi se ergueu com as mãos sobre o abdômen; o tiro lhe atingira em cheio.

foi Carol e não estava ferida. Depois Guga, então Beto e Barril. Peixoto continuou estirado no chão. Desiludido, deixou a arma cair ao seu lado como se nada mais lhe importasse.

E foi Frédi quem se ergueu com as mãos sobre o abdômen; o tiro lhe atingira em cheio. Carol, Beto, Guga e Barril alarmaram-se e o avô teve o pior calafrio de toda a sua existência. Frédi olhou à sua volta, procurou nos rostos uma explicação para aquele seu triste fim: "Será castigo pela vida errada que levei?". Sua amargura ofuscava a dor física da ferida. Devagar, afastou as mãos do ventre e abaixou a cabeça. Teve receio, não queria ver o sangue lhe fugindo, a vida indo embora... Não queria... Não queria... E não viu...

Não havia nem uma manchinha vermelha sequer. Frédi pasmou diante do tecido limpo, suspendeu a camiseta e ficou à procura do ferimento. Tinha que estar ali, sentira quando a arma lhe tocou o estômago e disparou: "Um milagre!". Não fazia sentido, mas ele, seu avô e os amigos pareciam tão aliviados que encontrar a lógica tornou-se secundário.

O ex-seu Valdo correu para junto do neto e certificou-se de que ele estava bem. Em seguida, apanhou o revólver no chão enquanto o helicóptero pousava próximo dali fazendo barulho e ventania. Dele desceram cinco policiais, Jarbas e mais um homem de terno e gravata.

— PAI! — Frédi correu em sua direção.

Era a terceira fotocópia, a versão do meio dos Fredericos. Avô, filho e neto eram clones em idades diferentes.

— Você está bem? O que foi que aconteceu? — perguntou o Frederico II. — Meu Deus, se alguma coisa tivesse lhe acontecido... — falava em meio a choro e remorso. — Eu já devia ter vindo antes me encontrar com vocês — olhou o filho e o pai. — Hoje, quando o Jarbas me contou do sequestro, entrei em desespero. Foi como se as finanças, a empresa deixassem de ter importância pra mim. Me desculpe, filho... Me desculpe, pai... — e apertou ambos com força.

A briga da família terminou ali.

— Mas o que foi que houve? — indagou Frederico II, depois de muitas lágrimas. — Jarbas recebeu um telefonema de um garoto. Um tal de Barril... Bugio. Disse que Frédi tinha sido sequestrado, que estava preso no Forte.

O avô se preparava para contar tudo mas, num relance, percebeu que a arma que tinha em punho não passava de um brinquedo de metal — cordeiro em pele de lobo. Observou Peixoto, o homem tinha a cabeça entre as mãos e os policiais lhe apontando revólveres de verdade. Frederico I sentiu um peso na consciência, um fardo crescente que, em alguns segundos, tornou-se uma tonelada. Então, disse com voz firme:

— Deixem ele — e deu uma gargalhada. — Foi tudo brincadeira. Não houve sequestro. O rapazinho aqui — pôs as mãos nos ombros de Barril — preocupou-se porque Frédi não apareceu para o café da manhã. Está tudo bem. Não é mesmo, garoto?

Barril franziu a testa. Ficou confuso por um instante, mas entendeu a intenção do velho. No segundo seguinte, confirmou a história com a cabeça, seus amigos fizeram o mesmo. E Frédi-neto, ao ouvir aquela fábula inventada às pressas, sentiu o que não conseguira minutos atrás: orgulho do avô.

Mas os policiais pareciam desconfiados.

— Então pra que a arma? — perguntou um deles.

— Ah, isso! Olhem! É de brinquedo. Peixoto e eu só estávamos nos divertindo.

— Mas pai, esse sangue na sua cabeça?... — começou o Frederico do meio.

— Foi um acidente, bati num pedaço de pau — a meia verdade não constrangeu o homem. — Filho, está tudo bem. Confie em mim.

Os policiais torceram o nariz. Um deles se aproximou de Barril e disse com mau humor:

— Escuta aqui, ôôô... Bolota — Barril revirou os olhos. Controlou-se para não partir pra cima novamente. — ... A próxima vez, pense bem antes de dar um telefonema desses. Com sequestro não se brinca. Somos muito ocupados, temos um caminhão de coisas pra fazer lá no distrito...

"Deveria ter deixado Carol falar ao telefone", pensou Barril. O garoto teve que ouvir mais de quinze minutos de sermão.

— Bom, então podemos ir — disse finalmente um dos policiais. Estavam convencidos do mal-entendido. Despediram-se e caminharam de volta ao helicóptero.

Jarbas assistira a tudo calado e olhando Frédi-avô atentamente. O mordomo radiografou a mentira no rosto do antigo patrão:

— Com licença, senhor, senhor, senhor — e fez uma reverência aos três Frédis. — Se não precisarem mais de mim, gostaria de voltar ao continente junto com os policiais. Tenho obrigações domésticas a cumprir.

— Claro, Jarbas. Pode ir — respondeu o Frederico II. — Eu vou ficar por aqui. Volto depois de barco. Quero aproveitar o feriado com meu filho e meu pai — e riu para ambos.

Frédi-avô fitou o mordomo no fundo dos olhos, sabia que não conseguira enganá-lo. Deu-lhe um forte aperto de mão:

— Obrigado!

O mordomo inclinou levemente a cabeça.

— Olha, Jarbas — disse Frédi-neto —, pare de me chamar de senhor! Ainda sou muito jovem. Ah, e outra coisa — sorriu. — A próxima vez que mandar fotos para meu avô, escolha uma em que eu tenha dentes.

O helicóptero ia longe quando Frederico I estendeu a mão para ajudar Peixoto a levantar-se:

— Me desculpe os erros do passado. Tenho uma dívida com você e vou pagá-la.

Peixoto não disse uma palavra, apenas agradeceu com os olhos.

23 PIRATAS, TITANIC, DICAPRIO, E VUPT... O IMPOSSÍVEL VIRA DO AVESSO

O grupo tomava a trilha em direção à praia, quando Beto falou:

— Escuta, seu Frederico... — os três se voltaram. — O do meio — explicou Beto. — O senhor precisa mesmo desapropriar essa ilha? Precisa mesmo construir campo de golfe e hotel chique?

Frédi II sorriu cheio de si:

— Era pra ser surpresa. Mas foi bom você ter tocado no assunto, garoto. Bem, acho que é o momento para contar tudo.

— Que história é essa, filho? — falou Frédi-avô, aturdido.

— Eu disse que tinha uma surpresa, não é?... Faz parte do meu plano de reconciliação com você. Pai — a voz do empresário se encheu de entusiasmo —, eu vou comprar a Ilha do Dragão, vou deixá-la bem confortável pra você. Construirei um hotel, campo de golfe, vou fazer um lugar à sua altura...

— Filho...

— Não precisa me agradecer — e abriu um sorriso que ninguém compartilhou. — Faço isso com prazer e como um pedido de desculpa pelos anos que não nos falamos.

— Mas... eu estou bem assim.

— Bobagem, nenhum Alcântara Dornelles fica de bom grado numa pousada como a MaréBoa.

Frédi-neto lembrou-se de ter pensado o mesmo há quatro dias.

— Vai ser uma maravilha — continuou o empresário. — Já falei com o engenheiro e ele...

— Pai — interveio Frédi III —, deixe a ilha como está.

O homem espantou-se. Não esperava ouvir algo assim vindo do filho. Olhou-o cheio de interrogação.

— O que deu em você? Sabe que é um ótimo negócio. Além do mais, você nunca mais vai querer visitar seu avô num lugar selvagem como este — e afugentou um inseto que lhe acercava o pescoço. — Olhe só esses bichos primitivos.

— Engano seu. Voltarei aqui muitas vezes.

Frederico II refletiu um segundo e, então, disse:

— Bem, ótimo... Mas da próxima vez que voltar poderá se hospedar num hotel cinco estrelas. As negociações já estão em andamento.

— PAI... — gritou Frédi III — , se fizer isso, não falo mais com você.

— Nem eu — disse o avô.

— E nós também — afirmou Barril pelo resto do grupo. O empresário o olhou confuso. Mas não pareceu se importar com essa última ameaça. Só estava intrigado com a do pai e a do filho.

— Vocês dois enlouqueceram, é? O empreendimento é excelente. Muito lucrativo. Será um hotel...

— O senhor não pode levar isso adiante — gritou Beto. — Vai destruir tudo por aqui.

— Claro que posso, menino. — respondeu com voz firme, mas estava um pouco atordoado. Não contava com aquele complô. Pobre homem rico, mal sabia o que estava por vir...

O caminho de volta à pousada foi testemunha de uma guerra. Eram seis contra um, os garotos e o avô unidos contra o empresário intransigente. Peixoto seguia calado, não quis tomar partido, porém parecia simpatizar com a causa dos "contra o hotel".

Foi briga acirrada. Acusações trocadas e nervos exaltados. Frederico II começou a passar o lenço sobre a testa. E não era por causa do calor, a discussão o estava encurralando, fazendo-o suar. Mas os adversários impiedosos não afrouxaram o cerco, nem um milímetro sequer.

Ao final da trilha, a fisionomia de Frederico II era de colapso. Tirara o terno e afrouxara a gravata, perdera a postura de poderoso. Na batalha havia sinais de encerramento e de um lado perdedor. O empresário ainda resistiu como pôde:

— Eu já investi dinheiro nesse negócio, vou perder uma fortuna... pelo menos o campo de golfe, desisto das quadras de tênis... — viu os olhares de censura ao seu redor e torceu os lábios cheio de contrariedade. — ... Aaah, tá bom, vai! Vocês venceram — deu um longo suspiro. — Vamos esquecer essa história, a Ilha do Dragão fica do jeito que está... Satisfeitos!?

* * *

Sim, eles estavam satisfeitos. Na pousada MaréBoa, don'Ângela preparou um banquete. Seu Ademar cedeu os peixes. Finalmente fizera uma boa pesca. Seu colega acertara na mentira: cachorro trazia sorte em pescaria. Todos sorriam alegres. Até Peixoto, que passou a tarde amuado, agora brindava copos com Frederico-avô. Quem resmungou foi Frédi-neto, o garoto parecia indignado com seu sequestrador, mas não era pelas horas de cativeiro: "Onde já se viu, seu Peixoto?... Pedir SÓ 213 800 dólares... por mim!".

O jantar entrou pela noite e era tarde quando Carol foi se deitar.

* * *

A menina apanhou *A Ilha do Tesouro* sobre a mesa de cabeceira. Abriu o livro, pensando nos acontecimentos dos últimos dias, muita coisa para um feriado. Só lamentou não ter conseguido ajudar Ciro. Mas ela daria um jeito, falaria com médicos, não desistiria... Se tivessem encontrado a arca do Dragon... Um pouco desapontada, Carol desceu os olhos para a leitura.

... *Os piratas se detiveram; mas antes que tomassem qualquer decisão, Hunter, Joyce, sir Trelawney e o doutor começaram a atirar. Um deles... voltaram correndo...* — As letras se embaralharam. O cansaço do dia atribulado bateu à porta — *O pirata estava... derrubou...* — e os olhos de Carol cerraram-se lentamente. A menina adormeceu sobre o capítulo 18, *"O último combate"*.

* * *

Beto deitou-se eufórico, mal podendo esperar pela manhã seguinte. Contaria a Glauco que a ilha estava salva. Guga, na cama ao lado, pensava em Drica e na tatuagem, só teria mais algumas horas para se decidir; dormiu sem tirar o boné.

* * *

Os Frédis, recuperando o tempo perdido, conversaram tanto que se esqueceram do relógio. Frédi-neto foi para o quarto de madrugada. Encontrou Barril de pijama se levantando e abrindo o pacote de pão de forma.

— Nossa, Barril, você ainda está com fo... — e caiu na cama. O sono veio antes que rematasse a frase.

* * *

O Black Pearl navegava tranquilo sobre as ondas, mas a Ilha do Dragão parecia acompanhar seus movimentos. O pedaço de terra não se distanciava. O Capitão Flint surgiu no convés trazendo um rifle. O Pirata Dragon veio de encontro com um punhal afiado. De repente, o rifle virou prancha de surfe e o punhal, vidro de coleta. Então, Guga surgiu no tombadilho.

— Já pra cozinha, os dois. Descascar batatas! Avisei para não mexerem na minha prancha.

— Não! A cozinha, não! Mande o Ciro, ele sabe preparar caldeirada de legumes.

— Ciro está ocupado — Carol apontou o homem, ele lia o diário e caminhava pela proa sem mancar.

VUPT — duas torradas cruzaram o ar enquanto os piratas resmungavam. Beto passou por eles usando um tapa-olho sobre a lente direita dos óculos. Dragon perguntou:

— Como foi que perdeu o olho? Foi tubarão?

— Briga com o James Cook. Aliás, estou indo para o Haiti, me encontrar com ele e observar os planetas. Depois para a Ilha do Tesouro visitar o Stevenson. Quer mandar recado?

— Esqueça esses dois, vamos treinar uns tiros de canhão. Traga-me aquele barril de pólvora. Traga o barril de rum... e traga também o outro barril ali, aquele bem grande.

— Aquele é meu, amigo Daniel — respondeu Frédi, enquanto o Pirata acendia o pavio com um isqueiro em forma de tartaruga.

BUUUM — o barulho espantou Filó e o papagaio de Peter; a ave decolou falando um palavrão.

— Vamos ver qual de nós é o mais rápido — Frédi desafiou Barril. Os dois saltaram do barco para a água; três segundos e estavam na Praia do Ovo. Frédi quis chegar ao avô, que acenava no alto do penhasco.

— Eu mostro como subir — Barril se gabou. — Pisa nessa pedra, se equilibra na rocha pontuda, pula para cá, e vamos em frente... — foram vinte, quarenta metros. — Cuidado, a gaivota! Mais um pouquinho. Pronto, chegamos ao topo. Agora vou voltar ao barco — avisou Barril e desapareceu.

VUPT! — dois "vupts" sincrônicos. Era um casal de Angaturamas que se tornaram duas fatias de pão de forma voando pelo convés. Barril correu atrás delas:

— Tire as mãos do meu café da manhã.

— Sua torrada é que acertou minha cabeça — bradou Carol, mas, no instante seguinte, calou-se. Vira outro navio em meio ao nevoeiro. Estava cada vez mais perto e pôde ler o nome no casco: "Titanic". O comandante postado junto à grade de proa lhe acenava em câmera lenta. Lindo! Era ele! Leo... Leonardo DiCaprio. E o Titanic tocou suavemente o navio pirata, Carol e DiCaprio estavam a um palmo de distância. — Leo, você veio me salvar — ela disse. — Como achou o caminho?

— Pelo brilho de seus olhos verdes. *I love you*, Carol.

— *I love you too*! — E deixou que DiCaprio a entrelaçasse pela cintura, inclinando o rosto em sua direção. O pôr do sol era uma valsa de cores. Não... Não era valsa, era Celine Dion em cauda de sereia, metade mulher, metade baleia: Iemanjá importada. Um centímetro e os lábios se tocariam num beijo apaixonado...

... BLAAAFT! — um baque. Algo metálico caiu no convés.

— O que foi isso?... Leo? Espere! Não vá embora! — esganiçou Carol.

— Um *iceberg*, estamos perdidos — o galã tinha uma voz distante e diluía-se no ar. — O Titanic vai afundar.

— Não, Leo, volte! Não me abandone. Foi só a tor...

Em algum lugar, entre sonho e realidade, Carol se deu conta de que o *iceberg* fora a torradeira tombando na mesa do quarto ao lado.

— DROGA! — disparou semiacordada. — Vou quebrar pessoalmente essa máquina azucrinante. E acabo com o dono dela também — olhou o despertador; *A Ilha do Tesouro* jazia a seu lado sobre o travesseiro. — Quatro da manhã, Barril. Isso é hora de fazer torrada? — Carol tentou se acalmar. — Se fechar rápido os olhos, recupero o sonho... Leo, não me abandone! — Cobriu o rosto com o lençol e buscou DiCaprio; o Titanic... aos poucos, o sono estava vindo... Pôr do sol; Black Pearl... A garota ainda tentou esticar o braço para colocar o livro sobre a mesinha de cabeceira, mas sentiu a mente vagando, desprendendo do corpo. Ondas, Barril subindo o penhasco... Areia macia, cama macia, Celine Dion, a mulher-baleia...

VUPT! — mais um par de torradas no quarto vizinho.

Irritada, a menina descobriu o rosto e revirou-se na cama: "Impossível dormir com esse pandemônio do outro lado da parede!". Com o livro agarrado sobre o peito, fixou os olhos no teto já sem expectativas de reencontrar o semideus hollywoodiano.

E foi, então, que em algum lugar nas profundezas da mente de Carol ocorreu um broto de pensamento. Uma ideia desfocada, impregnada do sonho. Imagem distante, algo perdido nas entranhas do cérebro, na fronteira do inconsciente e do real.

Carol franziu a testa, já não sabia se dormia ou se estava acordada. E aos poucos, sem que a menina pudesse fazer nada para impedir, a ideia desfocada começou a adquirir nitidez, foi se dilatando, cada vez mais. Invadindo seus neurônios e tomando forma e razão, como uma locomotiva que se aproxima... E que, de repente, passou colossal, explodindo clareza e enchendo a mente do observador.

Carol deu um salto na cama, queixo caído e olhos vidrados como se assistisse ao impossível virar do avesso. Ficou paralisada durante alguns segundos. Então, bateu *A Ilha do Tesouro* na testa:

— É ISSO! MEU DEUS! *OH MY GOOOD!* — levantou num pulo e começou a vestir-se com afobação. — Como não pensei nisso antes? É óbvio! Lógico! *Oh, my God! Oh, my God*! Estava tão claro o tempo todo e não percebi. Ninguém percebeu — a menina mal escovou os dentes, e o cabelo nem pôde pentear, na disparada em que saiu.

Bateu à porta do quarto ao lado e já foi entrando.

— Se arrume rápido, Barril. Você e o Frédi. Vão para a praia e preparem o MaréBoa. Iremos de barco, não podemos perder tempo — viu Frédi, que continuava a dormir. — Nossa, ele deve ter um sono de leão, como foi que não acordou com a sua barulheira?

Barril, com uma torrada na mão, não teve tempo de reagir. A menina saiu e bateu à porta de Guga e Beto.

— Depressa, se troquem — ela disse. — Vamos sair antes do sol nascer. Providenciem lanternas. Barril e Frédi já estão arrumando o barco.

Guga soltou um resmungo e abriu um olho por baixo da aba do boné. Beto procurou pelos óculos na mesa de cabeceira e falou sonolento:

— Mas Carol... para onde vamos?

Carol, que já ganhava a porta, voltou-lhe o rosto e disse com convicção:

— PARA A TOCA DA BALEIA!

24 *A BORDO E À DERIVA*

Carol olhou a mão de Barril, irritou-se com aqueles dedos agarrados ao casco do MaréBoa. Tudo no garoto a estava aborrecendo.

— Barril — falou furiosa —, da próxima vez que for fazer torrada, se tranque no banheiro, vá pro quintal... Mas não me acorde.

— Aposto que você estava tendo um daqueles seus sonhos bregas com o DiCaprio — devolveu Barril e começou a abrir uma embalagem de bolacha de água e sal. Pegou uma e passou o pacote adiante; Guga não fez cerimônias.

Ainda estava escuro, apenas um ensaio de sol despontava no horizonte, quando o bote se afastou da Praia da Vila. Nele iam os garotos e a cadela; Frédi, que segurara uma vez o leme de um iate, foi escolhido para manobrar o pequeno motor.

— Pois saiba que, ao contrário de vocês, Leo reconhece a verdura de meus olhos.

Os garotos tentaram mas não conseguiram segurar o riso.

— Carol, qual é o nome do filme? — Barril fez que atirava o tênis fora e o via afundar mar abaixo.

A menina olhou confusa.

— "TitaNike"! — soltou ele e desatou a rir de novo com os outros.

— Mais uma gracinha dessas e vocês voltam para a pousada a nado — trovejou Carol.

— Tá bom, tá bom. Não vamos mais rir dos seus sonhos — Beto apaziguou. — Mas agora quer fazer o favor de explicar: pra onde estamos indo? Por que acordou a gente no meio da noite?... Ah, olhem! O nosso guarda-sol desaparecido — Beto viu o objeto no chão do barco. — Como ele veio parar aqui?

— Eu o deixei no bote quando fui visitar Ciro Torto — respondeu a menina. — Mas isso não interessa agora... GENTE! — exaltou a voz. — Vocês não vão acreditar. Eu sei onde fica a Toca da Baleia.

— Tem razão! Não acreditamos — retrucou Barril. — Nós já discutimos isso. A Toca da Baleia não existe e, se existe, deve estar em outra ilha por aí. Quem sabe na Ásia, ou num lugar bem distante... — fez uma pausa alarmado. —

Não vai me dizer que você está pensando em chegar à Ásia neste barquinho?

— Me acordar pra isso — chiou Frédi. — Eu nem dormi essa noite, tinha acabado de me deitar. Ainda estava pegando no sono.

— Pegando no sono? — contestou Carol. — Você estava dormindo feito uma pedra. Como foi que não acordou com a barulhada do Barril?

— As torradas!? — disse Frédi, casual. — Já me preveni, durmo com algodão no ouvido.

— Carol, explique de uma vez que história é essa de Toca da Baleia. Hoje é nosso último dia na ilha, ainda tenho um monte de coisas pra fazer — resmungou Guga, pensando em mais uma tentativa de surfe, encontrar Drica e fazer a tatuagem.

— A Toca da Baleia existe, sim. E fica aqui, na Ilha do Dragão — afirmou a menina, convicta, e deu as coordenadas para Frédi. O barco deveria costear a ilha rumo à Praia do Ovo.

— Impossível. Você mesma disse que o Ciro nunca viu caverna na ilha — falou Beto.

— Também fiquei intrigada com isso. A descrição feita pelo Dragon combinava com o lugar, os coqueiros, a tartaruga. Só faltava mesmo a caverna...

— Ou então seu inglês é ruim e você entendeu tudo errado — debochou Guga.

A menina não deu ouvidos às risadinhas e continuou:

— O diário falava sobre uma gruta com entrada em forma de rabo de baleia. PESSOAL, vocês acham que os piratas iriam colocar um tesouro numa caverna e deixá-lo lá, dando sopa para quem quisesse achar? — Antes que alguém respondesse, ela prosseguiu. — Claro que não. É lógico que eles iriam fechar a porta — com os dedos fez um sinal de aspas no ar. — O que tem forma de rabo de baleia não é a abertura da caverna. É A TAMPA! — e bateu as costas de uma das mãos na palma da outra, com determinação. — Os piratas fecharam a entrada com uma pedra para que ninguém descobrisse a gruta. Essa pedra tem formato de rabo de baleia. Nós passamos por ela ontem, quando subimos o penhasco, e nem reparamos. Mas no meu sonho ela me voltou à cabeça.

— Barril — virou-se para o garoto, não mais aborrecida com ele —, logo no começo da escalada você se equilibrou numa pedra grande e pontuda. Lembra?... Pois então, essa ponta é um dos lados da cauda, tenho certeza. Atrás dessa rocha está a Toca da Baleia — Carol parecia orgulhosa de si mesma. Finalizou estufando o peito — Eu, Carolina, desvendei o mistério. Bom, podemos dizer que o DiCaprio deu uma forcinha. Ele iluminou meus pensamentos, me mostrou a verdade e ainda disse que me ama.

Noutra situação, os garotos teriam escarnecido da última frase da menina, mas estavam muito perplexos para isso. A história parecia lógica e, ao mesmo tempo, impossível. Permaneceram boquiabertos enquanto o barco alcançava a altura da Praia do Ovo.

— O tesouro está ali, dentro do penhasco — Carol apontou a praia e fez sinal para que Frédi manobrasse o barco naquela direção.

E o garoto obedeceu, mas ainda estavam a boa distância da areia quando o motor do MaréBoa trepidou descompassado. Teve um último fôlego de vida e pereceu por completo.

— O que houve? — perguntou Beto.
— Parece que o motor pifou.
— Puxe a correia que ele pega — falou Guga despreocupado.

Frédi puxou-a... Puxou com mais força. De novo; mais uma vez... Houve só um ronco indeciso. Puxou e puxou e puxou... e o motor não deu mais sinal de vida.

— O que está havendo? — indagou Carol.

— Não sei. Esse mot...

— Aaah! — Barril resmungou. — O motor está ótimo. Olha só, uma máquina novinha. Você é que tá dando puxãozinho de criança — levantou-se e resolveu assumir o comando. — Eu vou mostrar pra você. É assim, ó!

Barril puxou uma vez, a segunda, quase arrancou a correia. Depois de vinte tentativas deu um chute na "máquina novinha":

— LATA VELHA! ... Beto, vê se conserta essa tranqueira!

E Beto só precisou de alguns segundos para o diagnóstico:

— Pessoal, tenho uma boa e uma má notícia pra dar. A boa é que não há nada de errado com o motor... A má é que estamos sem gasolina.

Guga, enfurecido, voltou-se para Frédi e Barril:

— Pensei que vocês estavam incumbidos de preparar o barco — falou, no instante em que Filó desandou a latir.

— E nós preparamos, sim — Barril indignou-se.

— AH, É? Bela preparação, xará. Saltaram pra dentro dele e ficaram esperando a gente.

— E vocês, que não fizeram nada?

A cadela não parava de ladrar, mas ninguém lhe dava atenção.

— Providenciamos as lanternas. Esqueceu?... Fica quieta, Filó!

— Aposto que estão sem pilha.

Beto e Guga se entreolharam com os pensamentos à procura das pilhas, só agora se davam conta de que precisariam delas. Guga abriu os braços:

— E o que vão adiantar as lanternas se não conseguirmos chegar à caverna? — Apontou na direção do penhasco.

Foi então que perceberam o que alarmava a cadela. Haviam se afastado da ilha, a Praia do Ovo parecia um punhado de areia. O MaréBoa estava sendo arrastado para alto-mar.

— Meu Deus! É a correnteza — Carol gritou com entusiasmo. — A maré que puxa para longe da praia. O Pirata Dragon falou dela no diário. Vocês não percebem? Isso confirma minha teoria. Esse é o local do esconderijo! Agora não há mais dúvidas — disse eufórica.

— Que ótima confirmação! — grunhiu Guga com sarcasmo. — Agora não há mais dúvidas de que estamos fritos!

— O que vamos fazer? — perguntou Frédi.

— Vamos remar — ordenou Beto.

— Mas não há remos — a voz de Barril era aflita.

— Com o braço mesmo — Beto enfiou a mão em concha no mar. Em movimentos rápidos jogou água para trás, tentando mudar o rumo do barco. Carol, Guga e Frédi fizeram o mesmo, apenas Barril esquivou-se.

— Não vou pôr minha mão nessa água. Foi aqui que viram o monstro marinho.

— Não se preocupe, Barril — Guga já estava encharcado pela água que espirrava. — Se o monstro morder você, ele morre de colesterol alto.

— Barril, anda logo — gritou Beto. — Monstros não existem. E a superfície gorda da sua mão vai ser bem útil como remo.

— Barril, pare de reclamar e reme — esganiçou Frédi. — Se você não ajudar, vamos morrer de qualquer jeito.

Contrafeito, Barril obedeceu. Meteu o braço na água e começou a remar sem medir esforços.

Mas foi em vão, a correnteza era muito mais forte do que todas as mãos juntas.

— Não temos chances — choramingou Frédi, que já estava se acostumando a ver a morte de perto. — Logo agora que conheci meu avô.

— E logo agora que estávamos ricos. O tesouro tão pertinho — Barril choramingou.

— Frédi, cadê seu celular? — perguntou Beto. — Podemos ligar na pousada e avis...

— Não trouxe. Ontem resolvi que só iria usá-lo em emergências.

— E você acha que isso é o quê? — gritou Carol. — ... Ah! Não podia ter escolhido outro dia para isso, não?

— Ironia do destino... achei que podia viver sem ele.

De repente, Guga retirou as mãos da água. Parecia alheio ao desespero dos amigos, fechou os olhos absorto em pensamentos.

— Acho que ele está tendo as primeiras alucinações — cochichou Carol, sem parar de jogar água para trás. — Os náufragos, após passarem dias perdidos no mar, começam a agir como loucos.

— Ainda é muito cedo para isso — Beto contestou. — Não faz nem quinze minutos que viramos náufragos. Guga, ajude a gente a remar.

Mas o garoto apenas arrumou o boné com decisão:

— Os cordões dos tênis, rápido.

— HÃÃÃÃ? — os outros quatro espantaram-se em coro.

— Rápido! Todo mundo, me dê os cadarços — Guga já começava a desamarrar os seus.

— Guga, você pirou de vez, é? — reclamou Barril.

— Faça o que estou mandando e não discuta.

— Mas se é pra morrer, quero morrer de sapato.

E foram mais de três minutos de discussão e de trajeto rumo a alto-mar antes que Barril, Carol, Beto e Frédi cedessem seus cordões. Guga os recolheu e começou a atá-los uns aos outros. Fez duas cordas, cada uma com cinco cadarços. Depois as dobrou ao meio e deu uns puxões para testar a firmeza.

— Acho que vão aguentar.

Sob olhares intrigados, Guga apanhou o guarda-sol caído no barco. Amarrou agilmente as cordas aos raios; levantou-se e, com cuidado, abriu o objeto na direção da praia. O vento golpeou forte e inflou os gomos. O barco deu um solavanco e começou a deslizar em direção à ilha.

— Estamos com sorte. A brisa está a nosso favor — disse Guga.

O guarda-sol teria virado do avesso se não fossem os cadarços em cruz estabilizando os raios. Guga fazia a vez de mastro. O MaréBoa se transformara num barco a vela, branco e amarelo.

— Se não surfei, pelo menos windsurfar eu vou! — Guga afirmou convicto aos amigos, todos de queixo caído com a engenhoca velejante e a destreza do garoto, que controlava a "vela" de forma muito "ma-nei-ra", como Drica ensinara. A professora teria ficado orgulhosa do aluno.

A brisa amiga vencia a correnteza e os levava de volta à praia. Seus corações se tranquilizavam ao ver a costa agigantar-se. Cada vez mais perto, mais perto e...

...TUFFF! — o ruído soou como música aos ouvidos. Após dez minutos velejando, o casco do bote bateu na areia da Praia do Ovo.

— Estamos salvos — Carol desembarcou aliviada.

— Nossa, Guga! Você até que é bom de windsurfe — Frédi estava admirado.

— Ainda bem que a Drica deu aquelas dicas de como velejar — falou Beto.

— E ainda bem que você sabe surfinhês. Porque, além de você, ninguém entendeu o que ela disse — concluiu Barril enquanto amarrava o tênis.

— Deixem isso pra lá. Foi fácil — Guga se gabava, fingindo descaso. — Agora vamos logo achar esse tesouro.

25 *A BALEIA*

Parada defronte ao penhasco, Carol apontou:
— Lá está ela. Eu não disse? É a baleia.

Os garotos vislumbraram a rocha de três metros de altura. Foi um jogo de ilusão de ótica. A pedra era como um camaleão em mimetismo, mesclava-se ao penhasco, sem levantar suspeitas. Mas, quando se buscava atentamente, a cauda tomava contornos diante dos olhos, a imagem se tornava evidente. Quem a via, dela não se livrava mais: a parte de cima era bifurcada, abaixo se afinava, numa cintura, e abaloava-se, em seguida, descendo até o chão como uma baleia que mergulha na areia.

O sol nascente iluminou os rostos perplexos. Todos emudecidos, venerando o bicho-rocha como uma divindade. Só instantes depois foi que Barril bradou:
— O que estamos esperando? O tesouro está aí atrás.

* * *

— Vai. Fooorça — dizia Guga empurrando a pedra com os amigos. O garoto estava ruborizado de tanto esforço. — Mais um pouco, gente. Todo mundo! — a cauda da baleia se moveu. — De novo! Um, dois, três, JÁ!

Foram outros centímetros. Beto, então, apanhou um pedaço de tronco e usou-o como alavanca. Barril, Carol, Frédi e Filó cavaram a areia ao redor para diminuir a resistência.

— Outra vez, gente. Tá quase! Agooooora — e o empenho foi tamanho que fez a baleia ceder. A pedra moveu-se cerca de um metro para o lado.

Uma mescla de satisfação e assombro tomou conta de todos. Havia mesmo uma gruta por trás da rocha. A claridade da manhã invadiu a fenda, iluminando os dois primeiros metros de caverna. Um a um, embrenharam-se pela Toca da Baleia.

Guga e Beto acenderam as lanternas — para alívio de ambos, estavam com pilhas.

Era uma gruta enorme; o miolo oco do penhasco fez os garotos se sentirem minúsculos. Ouviram um gotejar ritmado que deixava o ambiente mais enigmático. Os círculos de luz correram as paredes rochosas e, de repente, iluminaram mais que pedras, iluminaram um objeto.

— VEJAM SÓ! — gritou Guga.

Uma arca grande e velha majestava num canto da gruta. O tesouro! O tesouro do Capitão Dragon diante de seus olhos.

Carol estava em êxtase. Foi a primeira a querer se aproximar, mas hesitou por um instante; pensou na maldição.

A remota lenda tomou corpo em sua cabeça: "E se fosse verdade? E se houvesse uma criatura guardiã?". Era muito tarde para voltar atrás. Mesmo porque Guga, Beto, Frédi, Barril e Filó já corriam exaltados para junto do baú; a menina os seguiu.

Um antigo ferrolho fechava a arca, e bastou Frédi dar-lhe três pancadas com uma pedra para que o metal enferrujado cedesse. Beto e Barril, cada um de um lado, suspenderam a tampa e Guga jogou a luz da lanterna para dentro do baú.

Nem Frédi, cuja mãe possuía uma infinidade de joias, havia visto coisa parecida. Eram moedas, braceletes, adereços, crucifixos, colares de ouro maciço. Pedras preciosas, esmeraldas, rubis, safiras, pérolas, diamantes, medalhões... Uma riqueza abarrotava a arca.

— Gente! Olhem só isso! — Barril enfiou a mão cofre abaixo e a suspendeu. Uma chuva de moedas caiu por entre seus dedos. — É ouro puro.

— Vejam este colar — Beto mostrou o objeto incrustado de rubis. — Deve valer uma fortuna.

— Nunca vi diamantes desse tamanho. E essas pérolas... — Frédi pasmava.

— E o peso dessas pulseiras! — disse Guga.

— O tesouro... — gaguejou Carol. — Nós encontramos. Ele existe mesmo.

— Estamos ricos — gritou Barril, pendurando um feixe de colares no pescoço. — RICOS! — Voltou-se rapidamente para Frédi e corrigiu — Ah, você só tá um pouco mais rico. — Depois retomou a voz extasiada, enfiando relíquias no bolso e na mochila. — Já sei o que fazer com a minha parte: compro um time de futebol — e fez com a mão uma faixa imaginária no ar —, Barril Futebol Clube! Uniforme azul, boto o Pelé de técnico.

— Vou comprar um laboratório — disse Beto avidamente. — Bom, primeiro um liquidificador novo pra minha mãe. Um à prova de explosão.

— Temos que dar uma parte ao Ciro — lembrou Carol. — Foi ele quem nos mostrou o diário.

— Por mim, tudo bem — respondeu Barril, hipnotizado por uma esmeralda entre os dedos que era como limão graúdo. — Só essa aqui já paga a construção do estádio.

— E pensar que tem gente que acreditou nessa bobagem de criatura, guardião do tesouro, monstro — falou Guga em tom debochado.

— É... Acho que é uma lenda tola... — mas Carol estancou a frase. Todos haviam ouvido um ruído vindo da entrada da gruta. Voltaram-se rapidamente e seus olhos se petrificaram.

Alta como um homem, de uma cor indefinida e coberta por escamas; a coisa mais horrenda que já haviam visto. Era a criatura.

— Meu Deus! — esganiçou Frédi enquanto Filó latia alto. — A lenda é verdadeira.

— Mas... Não pode ser... Monstros não existem — a voz de Beto tremeu. Em desespero, ainda procurou se lembrar das figuras de animais que vira em livros de ciência. Nada era parecido com aquilo.

— Ah, não existem... E isso é o quê, então? — bradou Barril, empalidecido e bem menos interessado na abordagem científica do caso.

O monstro deu um passo à frente e os garotos deram um para trás; seus rostos eram só assombro. O pavor preenchera todo o vazio da caverna. Era o fim.

E foi então que a criatura fez a última coisa que poderiam esperar dela: acendeu uma lanterna.

— O que vocês estão fazendo aqui? — uma voz saiu daquela boca escamosa. Enquanto uma das patas puxava a

Todos haviam ouvido um ruído vindo da entrada da gruta.
Voltaram-se rapidamente e seus olhos se petrificaram.

cabeça para cima, o pescoço desprendeu-se do ombro... Uma máscara. E por trás dela um rosto normal.

— GLAUCO? — gritaram em coro.

O biólogo aproximou-se, a carranca pendendo nas costas feito um capuz:

— Que lugar é este? Não sabia que havia uma gruta aqui. E esse baú?... O que é isso?

— É a Toca da Baleia — explicou Beto, não menos confuso que Glauco. — E esse é o tesouro do Pirata.

— Mas como? Isso é uma lenda.

— Não é, não — afirmou Carol.

A menina e os garotos desandaram a contar em atropelo o que havia acontecido. O biólogo tentou acompanhar o jorro de explicações. O falatório o deixou atordoado, mas acabou por acreditar nele. Afinal, estava vendo a arca com seus próprios olhos.

— ... Esse tesouro está aqui há séculos. E nós o encontramos — finalizou Carol. Depois, com expressão interrogativa, perguntou: — Mas e você, Glauco, por que está vestido desse jeito?

— Isso é minha roupa de mergulho.

Os garotos se entreolharam. Aquela coisa que Glauco trajava não se parecia nada com equipamento aquático.

— Eu sei — disse Glauco, percebendo os rostos intrigados —, ela é meio diferente.

— Diferente? — bradou Guga. — Ela é uma aberração. Pensamos que você fosse um monstro, uma criatura marinha, sei lá...

— Pensaram mesmo!? — e parecia haver um ar de triunfo em Glauco. — Essa é a finalidade.

— Como assim? — Beto indagou. — Que finalidade é essa?

— A intenção é mesmo parecer um animal marinho e não um mergulhador — respondeu o biólogo. — Foi uma forma que encontrei para fazer observações de algumas espécies aquáticas sem afugentá-las. Com esse traje, consigo chegar bem próximo e posso estudá-las em seu hábitat natural. Um amigo taxidermista me ajudou na confecção. Colamos escamas de verdade sobre a roupa de mergulho, até os tanques de oxigênio foram disfarçados. Tem dado certo, os peixes não se assustam tanto.

— É! Mas, em compensação, você quase matou a gente do coração — reclamou Carol. — E sabia que essa sua fantasia já espantou outros turistas também? Mestre Dimas contou que alguns banhistas viram uma criatura marinha, pensaram que era o guardião do tesouro. Nós mesmos assistimos uma mulher deixar a ilha desesperada depois de topar com um monstro na Praia do Ovo.

— Eu sei — Glauco parecia um pouco constrangido. — No começo, tentava me aproximar dos turistas assustados para esclarecer a situação. Mas, na maioria dos casos, eles nadavam feito loucos e depois corriam sem me dar chances de explicar. Ficava chateado quando isso acontecia. Não queria causar medo em ninguém. Mas foi então que fiquei sabendo dos planos de seu pai.

Glauco olhou para Frédi. Após alguns segundos, continuou:

— Então, tive uma ideia. Resolvi me aproveitar da lenda do guardião do tesouro. Bem... Prometi a mim mesmo que não assustaria os banhistas propositalmente. Mas, caso isso viesse a ocorrer por acidente, também não iria mais me preocupar em desmentir. Achei que, se o boato e o pânico se espalhassem, seu pai desistiria da compra da ilha.

— Então, você achou que podia nos amedrontar com essa roupa ridícula? — debochou Barril.

Glauco não gostou do "roupa ridícula".

— Se não tivesse tirado a máscara, você estaria tremendo até agora — disse indignado. — Mas eu não quis assustar vocês. Vim à Praia do Ovo para fazer minhas observações. Vi o MaréBoa ancorado mas não liguei pra ele. Pensei que fosse mestre Dimas dando umas voltas por esse lado da ilha. Estava me vestindo para mergulhar quando ouvi vozes saindo das rochas. Achei estranho, não sabia que havia caverna aqui. E foi assim que vim até vocês.

— Glauco, se pretendia salvar a ilha com essa fantasia — disse Frédi —, então pode esquecer.

Aquela afirmação confundiu o biólogo.

— Meu pai desistiu do hotel!

Glauco olhou-o cheio de desconfiança:

— Isso é alguma brincadeira?

— É verdade — Beto confirmou. — A ilha está salva. As tartarugas, o Angaturama. Tudo!

Foi preciso cinco minutos para convencer Glauco de que aquilo era verdade. O ecologista parecia que ia explodir de alegria e se pôs a ajudar os garotos a arrastar o baú para fora da caverna e colocá-lo na lancha.

Depois, amarraram o MaréBoa para ser rebocado. E já era dia claro quando Glauco ameaçou ligar a ignição. Mas, então, reteve-se olhando a areia; inesperadamente, o biólogo saltou da embarcação e fez sinal para que o seguissem:

— Vocês estão com sorte, verão o outro tesouro da Praia do Ovo. Eu sabia que era hoje.

Minúsculas cabeças despontavam do chão. Eram tartarugas-bebês, um dos ninhos começava a eclodir.

— Ajudem a levá-las pra água — bradou Glauco avidamente —, antes que virem almoço dos predadores.

Os garotos, cheios de entusiasmo, foram em socorro das recém-nascidas.

— Xô, xô, gaivota. Aqui não tem comida pra você, não — Barril fez um abano e espantou a ave, olhando-a carrancudo: "Deve ser a mesma que quase me derrubou do penhasco".

Os filhotes foram brotando da areia. Agitavam as patas num andar aflito em busca do mar. Uma porção, Beto contou mais de cem. Filó cheirava-os com excitação e agitando a cauda.

— Calma! A gente ajuda vocês — Carol apanhou uma das últimas que ficara para trás. Soltou a pequena dentro d'água e a viu ganhando o Atlântico. — Ela vai viver duzentos anos! — afirmou com os olhos no oceano.

— A minha, duzentos e cinquenta — Guga levou a mão à onda e deixou uma minitartaruga escapulir por entre os dedos.

— E a minha, até o homem cruzar a Via Láctea — falou Beto.

— É! — concluiu Frédi —, elas vão viver uma eternidade.

26 *GUERRA PELO TESOURO*

Toda a Vila dos Pescadores estava reunida próxima ao ancoradouro, era um dia a entrar para a história do lugarejo. As pessoas se amontoavam ao redor da arca, o mito virava fato. A notícia correu rápido, mal os garotos e o biólogo aportaram e arrastaram o baú até a areia, o alvoroço começou. Todo mundo quis ver.

Carol achou Ciro em meio aos curiosos. Puxou-o e mostrou-lhe a fortuna da qual ele também era dono. O homem encheu-se de felicidade.

— Quer dizer que foram aqueles garotos que encontraram o tesouro? — comentou uma turista.

— Eles mesmos. Estão hospedados na minha pousada — Frédi-avô era só orgulho. — E aquele ali é meu neto.

Seu Ademar, que ao acordar vira só quartos vazios, nem sinal do filho e seus amigos, ficara uma fera. Mas acabou por se acalmar. A bronca não resistiu à proeza dos meninos.

Carol, Beto, Guga, Barril e Frédi estavam com a bola cheia, porém começaram a se cansar. Já haviam repetido a história umas quinhentas vezes, cada um que chegava pedia para ouvir de novo.

O mesmo fez o dr. Dino Fontaneli, diretor do Museu Estadual. A notícia do achado voou até os ouvidos do historiador lá na capital. Tudo pela via mais eficiente que existe: um rapaz, que fazia turismo na ilha, era primo da vizinha da sogra do dentista do amigo da cabeleireira da namorada do professor de judô do colega de classe da filha do tal Dino Fontaneli. Foi mais rápido que a internet.

— Vocês estão de parabéns — o dr. Fontaneli ouvira a narrativa dos garotos. — Pesquisadores no mundo todo tentaram descobrir o paradeiro desse tesouro. Muitos já duvidavam de sua existência, achavam que a tal Toca da Baleia era uma lenda. E pensar que vocês desvendaram o mistério sozinhos. Às vezes, mentes ingênuas enxergam com mais lucidez. Mal posso esperar para catalogarmos as peças, esse crucifixo deve ser espanhol, uma obra-prima do Barroco — vislumbrou o objeto reluzente entre as mãos.

Os garotos trocaram olhares confusos:

— Como assim, catalogar? — perguntou Guga.

— Precisamos estudar cuidadosamente este achado.

— Nós já fizemos planos de vender — retrucou Barril, pensando no time de futebol e no Pelé.

— Sinto muito, garotos. Isso é patrimônio histórico, é patrimônio da humanidade.

— Mas fomos nós que achamos.

— Eu sei e sou eternamente grato pelo que fizeram. Mas uma relíquia dessas pertence a acervos culturais, não pode ser comercializada assim sem mais nem menos. Vamos levá-la para o museu.

— Então vocês vão ficar com tudo? — Beto parecia desiludido.

— Quem dera fosse fácil assim. Os museus britânicos dirão que têm direito ao tesouro porque o Pirata era inglês. A França, Espanha, Portugal, Holanda... vão alegar que são peças roubadas de seus navios e requerê-las de volta. Aparecerá gente afirmando ser parente do tal Dragon e exigindo uma parte. E por aí vai, já conheço essas coisas.

— Quer dizer que...

— ... A guerra pelo tesouro está apenas começando — o dr. Fontaneli abriu os braços em desalento.

Os garotos sentiram-se logrados, mas não havia nada a fazer. O diretor do Museu dizia a verdade: o achado pertencia ao mundo. Além do mais, como lutar contra esse pessoal importante? Governos estrangeiros, museus? Todos disputando o mesmo tesouro. Encontrá-lo na caverna parecia brincadeira de criança, comparado à briga internacional que o dr. Fontaneli estava por enfrentar.

— Olha, seu Dino — Carol deixou o título de doutor e o "Fontaneli" pra lá —, será que não há, ao menos, uma recompensa para quem achou a arca?

— Recompensa? — a ideia não havia lhe ocorrido. — Podemos pensar sobre o assunto...

— Não — a menina disse decidida. — Precisamos do dinheiro agora. É uma emergência.

— Mas...

— Seu Dino, não é pra nós. É para ele — Carol apontou Ciro, estava com o grupo de pescadores próximo à arca. — Foi ele quem nos mostrou o diário do Dragon.

— O DIÁRIO DO PIRATA? — o historiador teve o segundo espasmo do dia. — Quer dizer que vocês descobriram isso também? As anotações do Dragon? Meu Deus! Assim morro do coração. Esse documento é valiosíssimo, temos que levá-lo para o museu.

Carol se arrependeu de ter aberto a boca.

— Mas o diário é do Ciro.

— Eu vou falar com ele — disse Fontaneli. — Vou explicar que ninguém pode privar a humanidade de ver esses registros históricos.

— Seu Dino, o Ciro não quer privar a humanidade de nada — Barril perdera a paciência. — Ele tem catarata, precisa ser operado rápido. Não dá pra apressar essa recompensa, não?

O historiador entendeu a urgência e sentiu vontade de ajudar:

— Eu vou tentar, mas não posso prometer. Só pagarão recompensa aqueles que ficarem com as peças. E isso ainda vai ser uma briga longa...

— Deixe pra lá, seu Dino — Frédi, até então calado, interveio. — Olha, Carol, pode falar para o Ciro procurar um médico, o melhor que tiver. Eu pago a operação. Fale pra consultar também um ortopedista que endireite aquela perna. E um cirurgião plástico, minha mãe conhece um ótimo. Ela parece vinte anos mais jovem.

* * *

O dr. Dino Fontaneli almoçou na ilha. Adorou a comida da dona Dita. Porém, logo depois da sobremesa, carregou a arca e o diário para o continente. Os nativos não reclamaram. Ninguém ali parecia precisar de joias para ser feliz. Alguns até sentiram-se aliviados, temiam a maldição e preferiam que o tesouro fosse levado embora.

* * *

Na pousada MaréBoa, Carol, Beto, Guga e Barril começavam a arrumar as malas. Seu Ademar avisou que o barco partiria às 17 horas em ponto. Frédi-neto e Frédi-pai decidiram ficar mais uns dias na ilha. E Peixoto, por insistência de Frédi-avô, também adiou sua volta.

Beto fechou a mochila. Separou uma muda de roupa para a viagem e um saco plástico. Nele colocaria a toalha e o calção molhado. Ainda havia tempo para um banho de mar.

— Vamos logo, Guga — disse suspendendo os óculos. — É nossa última tarde.

Guga afivelava a mochila devagar e tinha os pensamentos longe dali.

— Olha, Beto, a gente se encontra na barca.

— Por quê? O mar está ótimo, vamos nadar.

— Tenho uma coisa pra fazer — apanhou a prancha e jogou a mochila nas costas. — Já vou deixar minha bagagem no ancoradouro, no barco do Félix.

Beto olhou desconfiado.

— Que coisa?

Guga hesitou e, depois, disse:

— A tatuagem. Aqui no braço — suspendeu a manga da camiseta. — Uma gaivota com um sol.

Beto abriu a boca abismado.

— Você vai fazer mesmo? Vai ter coragem? UMA TATUA...

— Xiiiiii! Fale baixo! — Guga olhou ao redor como se as paredes tivessem ouvidos. — Não quero que meu pai saiba. Não diga aonde fui.

Beto não gostou da ideia de ludibriar seu Ademar. Demorou para assentir.

— Bem... Posso contar pelo menos pro resto da turma?

— Tá bom! Mas não deixe a fofoca vazar. Se meu pai descobrir, você vai ver.

— Um dia ele terá que saber. Ou nunca mais vai tirar a camisa na frente dele?

— Mas depois que a... — silabou a palavra sem o som — estiver pronta, não tem mais jeito de apagar. Bom, então até depois.

— Guga, você tem certeza que quer fazer?

— Tenho. Já decidi — ao sair do quarto, uma ponta da prancha bateu na soleira da porta. Outro arranhão na peça tão surrada. Guga nem se importou, pensava em Drica, que prometera ir ao ancoradouro se despedir. O que diria ela ao ver sua tatuagem ainda em tinta fresca?

27 E O FERIADO CHEGA AO FIM

Carol abriu *A Ilha do Tesouro*. Tirou dela uma paisagem, a Praia da Vila ao sol nascente. Do outro lado, um texto com letra espremida. Era um "cartão-postal-livro". Nos poucos centímetros de papel, a menina contava sobre a ilha, a pousada, Ciro, o novo amigo Frédi, o tesouro, as tartarugas, sua coleção de conchas e, no final, ainda arrumou espaço para dizer que sentia saudade e para todos os zeros de um milhão de beijos.

"Ele vai gostar, adora receber notícias minhas. Além do mais, também mora numa ilha." Carol tinha razão. Seu tio da Inglaterra ficaria feliz, mas precisaria de lupa para decifrar o texto.

A menina atirou o cartão dentro da caixa do correio, a única que havia na ilha, ficava pegada ao Mercadinho da Zuleica. Guardou o livro na mochila e correu para o cais.

O Corisco partiria em meia hora.

* * *

Em final de feriado, o pedaço de praia próximo ao ancoradouro se enchia de turistas. Todos mais bronzeados do que quando haviam chegado. Rostos satisfeitos, pelos dias de praia, e melancólicos, por eles terem se acabado. Ciro também estava lá, esperando por Carol. Já havia se despedido de Beto e Barril quando a viu chegando. O homem tinha uma machadinha na mão.

— Pena que não possam ficar mais — disse Ciro.

— Quem sabe voltamos um dia — respondeu Carol. — E você? Quando vai procurar o médico?

— Amanhã mesmo! O pai do seu amigo Frédi me recomendou um oftalmologista na capital. Parece que ele é muito bom.

— Ótimo! Cure logo esse olho.

— Devo tudo a você. Se não tivesse me ajudado, nada disso teria... — a voz teve uma ameaça de choro. — Seus amigos também colaboraram, mas você... Obrigado!

— Deixa pra lá, Ciro. Não precisa agradecer — então Carol viu a machadinha: — E pra que isso?

— Vou buscar madeira na mata.

— Ah, o fogão a lenha!

— Não! — Ciro parecia encabulado. — Vou construir umas cadeiras... para poder chamar visitas.

Carol sorriu e abraçou o homem.

— Faça uma boa viagem, menina. Tudo de bom pra você e seus amigos, vocês merecem.

* * *

Seu Ademar levou a mala e os apetrechos de pesca para bordo do Corisco, voltou à praia para se despedir de Peixoto.

— Desculpe toda essa confusão, Ademar. Não queria ter envolvido você nessa história.

— Está tudo bem! Esse feriado foi maravilhoso. Mal posso esperar para revelar as fotos — seu Ademar havia gasto um filme de 36 poses com os peixes que pegara no dia anterior. — E não se preocupe, aviso na firma que você teve que prorrogar as férias.

— Obrigado por tudo.

Os dois trocaram um abraço acalentado.

— E me chame para a inauguração da loja de pesca — seu Ademar falou.

— Será o primeiro a receber o convite.

Apenas a alguns metros dali, Beto, Barril, Frédi e Glauco conversavam.

— Bom, Beto, quando vier à ilha de novo, já sabe: apareça na Estação — disse Glauco.

— O convite está aceito.

— E Frédi, não se zangue com as coisas que disse sobre sua família. Eu estava nervoso — afirmou o biólogo.

— Tudo bem. Eu já esqueci.

— Glauco, tenho uma coisa para lhe mostrar — exclamou Barril. O garoto enfiou a mão no bolso e tirou uma montanha de papéis de bala. — Satisfeito?

Glauco sorriu. Despediu-se levantando a mão e espalmando-a contra as dos garotos.

— E quando as tartarugas voltarem, avise pra elas que nós ajudamos no parto — gritou Barril para o biólogo, que já se afastara.

— Pode deixar — respondeu de longe, no momento em que seu Ademar se aproximava.

— Garotos, vocês viram o Guga? Daqui a pouco o Corisco vai partir.

— Deve estar chegando — Beto desviou o olhar.

— Ah! Lá está ele — seu Ademar avistou o filho que vinha pela praia. — Leonardo, onde foi que se meteu? Vamos logo, só temos mais alguns minutos.

Beto, Barril e Frédi correram ao encontro de Guga. O garoto tinha o braço direito cruzado sobre o peito, comprimindo o esquerdo contra o corpo, como quem acabou de tomar uma injeção.

— E aí? Fez? — cochichou Frédi.

— Fiz.

— UAU! — Barril extasiou-se. — Que desenho?

— Pedi uma gaivota e um sol.

— Deixe a gente ver — falou Beto.

— Depois! — respondeu vacilante.

— Como assim, depois? — resmungou Frédi. — Esqueceu que não estou indo embora com vocês? Se não me mostrar agora, vou morrer de curiosidade.

Guga, a contragosto, abaixou o braço lentamente. E então, surgiram gaivota e sol, lindos... Estavam sobre seu peito, na estampa do tecido.

Beto, Barril e Frédi deixaram os queixos caírem num misto de surpresa e decepção.

— As camisetas estavam em promoção — Guga deu de ombros e sorriu sem graça, enquanto os amigos trocavam olhares de conjectura.

O garoto preferiu omitir o resto da história: a parte em que desmaiou ao ver a agulha; Jeca Tatoo acudiu logo, deu-lhe um copo de água de coco e disse, paternal: "Escuta, rapaz, que tal levar só uma camiseta, hein? Faço a gravura no tecido, fica legal! Ontem mesmo fiz uma parecida prum cliente".

Guga percebeu os rostos desconfiados, sua versão não convencera os três colegas. Mas nem houve tempo de se constranger, pois acabara de avistar Drica. A moça vinha em sua direção.

O coração de Guga bateu acelerado. Mas, em seguida, descompassou por completo: o menino viu Drica, ainda a meio caminho, ser interceptada por Carol, que desandou a falar com empolgação. Guga, gelou: "Ela está cumprindo a ameaça. Está contando que enjoo em barco... E agora? O que vou dizer? Se ao menos tivesse feito a gaivota, o *cool* da tatuagem compensaria a breguice dos vômitos".

Então, as duas se despediram e Drica aproximou-se sorrindo. Guga sentiu as pernas frouxas e pensou em como justificar seus enjoos; aliás, estava prestes a ter um agora.

— Poxa, Guga! Você, he-in! — Drica emendou a frase a uma risada.

Guga empalideceu.

— Sua amiga acabou de me contar — continuou a moça.

— Não acredite nela... Ela exagera...

— Acredito, sim. Ela não exagerou, não. Achei de-ma-
-is! Um show de windsurfe. A Carol me disse como você construiu e controlou um wind. O máximo, cara!

Um caminhão de alívio invadiu o menino. Ele corou e estufou o peito:

— Ah... Isso! Não foi nada!

— Claro que foi, aplausos pra você. Toca violão legal, veleja, tem um boné transado e... Não acredito! — Drica se exaltou, tinha os olhos estancados no peito do garoto. — É do Jeca Tatoo, não é?

Guga assentiu, enquanto Drica se virava de costas e exibia a estampa de sua camiseta: gaivota e sol, igualzinho à dele.

— O Jeca fez ontem pra mim — prosseguiu Drica. — Eu que escolhi o desenho... Nossa! Que coincidência, que sintonia de pensamento entre a gente, hein. Isso é alma gêmea! — e deixou o menino atônito. — Pena você estar indo embora, mas a gente se vê — rabiscou seu endereço num pedaço de papel. — Me escreva, eu tenho umas revistas sobre surfe, posso mandar pra você! — e, sem que ninguém esperasse, deu um beijo no rosto do garoto.

Guga ruborizou de vez e sentiu as orelhas esquentando. Nunca mais lavaria a bochecha. Em meio ao desconcerto, só conseguiu balbuciar cinco palavras antes de a moça se afastar.

— Quanto tempo ainda fica aqui?

— Eu ia embora amanhã, mas resolvi ficar mais alguns dias. Conheci o cara que trabalha na Estação de Pesquisa, ele vai me mostrar uns pontos maneiros da ilha.

* * *

O Corisco soou o segundo apito.

— Bom, Frédi, é hora de irmos — disse Beto.

— Temos que marcar de nos encontrarmos — sugeriu Barril. — Podemos precisar de um reforço para o time de futebol.

— É só ligar — já haviam trocado endereços e telefones. — E apareçam em casa, tem piscina e quartos pra hospedar todo mundo.

— Tá me devendo mesmo uma revanche na natação — Barril afirmou entre um sorriso. — E você, quando vai pro continente?

— Em três ou quatro dias. Mas já estou planejando voltar aqui, pra visitar meu avô.

— Você vai se arranjar na ilha sem a gente? — Guga gracejou.

Mas Frédi não riu. Olhou com carinho os garotos e Carol, que acabara de se juntar ao grupo.

— Não vai ser fácil.

— Imagina, Frédi — falou a menina. — Você está com seu avô, seu pai...

— Mesmo assim. Vocês já estão fazendo falta.

— Ah, bobagem. Aposto que os Frédis já têm uma porção de planos pra amanhã — exclamou Guga.

— Nós vamos pescar. O Peixoto vai junto, vai dar umas dicas. Ele e meu avô estão se entendendo muito bem. À noite, jantaremos na Dita. Ela também não aceita os cartões de crédito do meu pai, mas disse que confia na gente. Podemos pagar depois.

— Bom, acho que você gostou pelo menos... um pouquinho da ilha — arriscou Beto.

— Um pouco? Eu adorei este lugar e tudo que aconteceu aqui, até o sequestro acabou sendo bom. E... eu fiz amigos.

— Ah! Frédi... Para com isso. Daqui a pouco, a Carol desanda a chorar.

Frédi abraçou Guga, Beto e Carol. Barril ficou por último e ganhou um abraço mais demorado.

— Obrigado — disse Frédi.

Barril sorriu:

— Eu falei com a don'Ângela. Expliquei que aquela história de trauma de infância foi só brincadeira. Pode dormir até tarde, ela não vai mais te acordar batendo frigideira.

— A propósito, tenho que pedir desculpas a ela — lembrou-se Frédi. — Chamei-a de velha gagá. Aliás, xinguei um monte de gente da ilha. Achava que todos eram ignorantes, um absurdo acreditarem nessas lendas locais... Que burrice a minha... Os nativos estão certos, elas são reais.

— Como assim, Frédi? — perguntou Carol, um pouco confusa.

— O Angaturama, eu toquei num... Olhem o que aconteceu com a minha vida.

* * *

O Corisco ganhou as águas e a Ilha do Dragão distanciou-se devagar. Frédi-neto, filho e avô, Peixoto, Ciro, Glauco e Drica foram encolhendo, mas continuaram acenando.

— Que final de tarde lindo — disse seu Ademar. — E então, gostaram do feriado? — os garotos estavam na popa ainda com olhos na ilha.

— Foi dez, seu Gugão — respondeu Barril e os outros concordaram, até Filó abanou a cauda.

— Ótimo. Sabia que iriam gostar — o pai de Guga afastou-se e foi cumprimentar o comandante do Corisco junto ao leme. "Cumprimentar?"... Seu Ademar queria mesmo era contar para mais um sua pescaria.

Guga viu a ilha diminuindo no horizonte. O surfe ficou pra próxima. Mas isso era secundário... Estaria Drica ainda acenando no ancoradouro? Mal podia acreditar, tinha o endereço dela, sua assinatura no boné, uma camiseta igual, beijo no rosto e... como foi mesmo que ela disse? "... Sintonia de pensamento entre a gente, hein. Isso é alma gêmea!". Guga suspirou e sorriu, estava na crista da onda... E, de repente, lembrou-se de Glauco... apertou os olhos e comprimiu os lábios... A onda quebrou num mar de ciúme.

Beto, cheio de si, espalhou os vidros de geleia pelo banco do convés. Admirou o grilo gigante preso em um deles:

— Uma obra-prima, não acha? — enfiou o inseto no rosto de Carol. A menina se espantou e fez cara de nojo, enquanto Beto desatava a calcular: quantos metros saltaria um homem se tivesse uma impulsão proporcional?

Barril largou-se no banco e fitou a ilha. Pensou em Frédi e em todo o pessoal que conhecera. Pensou também em suas proezas e visualizou uma manchete no jornal: "Goleiro indomável vence penhasco, soluciona sequestro e acha tesouro". Perdeu-se nessas ideias, nem pensava em comida. E foi, então, que teve um sobressalto: alguém batera afobado em seu ombro. Barril voltou-se e viu Guga com a cara contorcida.

— Barril, pelo amor de Deus!... Me arruma uma bolacha de água e sal.

Carol se recuperou do susto do grilo gigante. Ela estava feliz, Ciro voltaria a enxergar. "Será que, depois de curado, ele continuará achando que meus olhos são verdes?" O vento bateu-lhe no rosto corado de sol. A menina sorriu, sabia a resposta. "Ele enxergará as coisas como elas realmente são."

EPÍLOGO

Carol, Beto, Guga e Barril deixavam para trás a Ilha do Dragão, suas pessoas e lugares bonitos. Para trás ficou também a Praia do Ovo. E era ali que, nesse momento, enquanto o Corisco deslizava pelo mar, uma criatura celebrava a vida sob a sombra de um coqueiro.

Uma criatura que já estivera nos quatro cantos do mundo; que assistira guerra e paz, tempestade e bonança; assistira a uma porção de coisas passarem, e não passou.

Que presenciou a luta de Ciro contra o tubarão; a chegada de seu Valdo à ilha, Glauco e seu disfarce marinho que os banhistas pensaram ser um monstro. "Monstro?!... Se soubessem o que ela já vira nas profundezas do oceano..."

Uma criatura que teve muitos Angaturamas nas costas. E que sempre soube onde estava o tesouro (se tivessem lhe perguntado, teria mostrado seu paradeiro), pois, quando jovem, observara o Pirata escondê-lo na Toca da Baleia e até acompanhara seu bote rumo ao Black Pearl — cúmplice de um segredo tão bem guardado. Ela que conhecia a maldição e do que esta era capaz... Mas isso é assunto para outras histórias.

A criatura testemunhou, também, cinco garotos passarem férias na Ilha do Dragão, suas aventuras e desventuras. Vira-os velejando com um guarda-sol. E foi até chamada de "fusca" por um deles.

A criatura que não era monstro, nem fantasma... Era uma tartaruga com mais de duzentos anos de mundo.

DESCUBRA O PRAZER DE LER
Série Vaga-Lume

Aventura, suspense, fantasia, humor e sempre muita emoção em histórias que você vai adorar.

Afonso Machado
- O mestre dos games

Aristides Fraga Lima
- Os pequenos jangadeiros
- Perigos no mar

Edith Modesto
- Manobra radical
- SOS ararinha-azul

Eliana Martins
- A chave do corsário

Francisco Marins
- A aldeia sagrada

Homero Homem
- Menino de Asas

Ivan Jaf
- O robô que virou gente
- O Supertênis

Jair Vitória
- Zezinho, o dono da porquinha preta

José Maviael Monteiro
- Os barcos de papel
- O outro lado da ilha

José Rezende Filho
- Tonico

José Rezende Filho e Assis Brasil
- Tonico e Carniça

Lopes dos Santos
- Na mira do vampiro

Lourenço Cazarré
- A guerra do lanche

Lúcia Machado de Almeida
- Aventuras de Xisto
- O caso da borboleta Atíria
- O escaravelho do diabo
- Spharion
- Xisto e o Pássaro Cósmico
- Xisto no espaço

Luis Eduardo Matta
- Morte no colégio

Luiz Puntel
- Açúcar amargo
- Meninos sem pátria
- Missão no Oriente
- Tráfico de anjos

Luiz Puntel e Fátima Chaguri
- O grito do *hip hop*

Manuela Filho
- O ouro do fantasma

Marçal Aquino
- O jogo do Camaleão
- O primeiro amor e outros perigos
- O mistério da cidade-fantasma
- A turma da Rua Quinze

Marcelo Duarte
- Deu a louca no tempo
- Tem lagartixa no computador

Marcos Rey
- Corrida infernal
- Garra de campeão
- Quem manda já morreu

Maria José Dupré
- A ilha perdida

Mario Teixeira
- Salvando a pele

Maristel Alves dos Santos
- Na ilha do dragão

Orígenes Lessa
- O feijão e o sonho

Raul Drewnick
- Correndo contra o destino
- A grande virada
- Um inimigo em cada esquina
- A noite dos Quatro Furacões
- O preço da coragem
- Vencer ou vencer

Rosana Bond
- Crescer é uma aventura
- A magia da árvore luminosa
- O senhor da água

Sérsi Bardari
- A maldição do tesouro do faraó

Silvia Cintra Franco
- Aventuras no Império do Sol
- Confusões & calafrios

Sylvio Pereira
- A primeira reportagem

Wilson Rocha
- Os passageiros do futuro